李魁賢

我的新世紀詩選

此書《我的新世紀詩選》是秀威為我出版回憶錄《我的新世紀詩路》時，編輯費心從回憶錄中選出的相關詩作，是意外的副產品，也可以說是雙生子，透露我在21世紀從事國際詩交流活動中，留下所見、所聞、所思、所感的抒情紀錄。編輯又摘錄回憶錄中相關文字，做為參照文字說明，以增加理解。

──李魁賢

3

目 次

立足台灣

走向國際

我的新世紀詩選

立足台灣

Selected Poems from My New Century

我的新世紀詩選

台南

鳳凰花開時

在九月
我忍不住
為人唱當紅的歌
我知矣人
也會用共款熱情的言語
給社會一點矣好看的色彩
給悶悶的人間氣氛
燒出一個新節季
親像鳳凰家己火燒
不斷重新創造新生命
我注希望的花
展開高高高
照光天頂
帶給大家愛
無論是啥人
向我來
我就迎接伊
用詩
做為生命獻禮

KUEI-SHIEN SAID...

　　本來要為大會詩選準備一篇序言，後來轉念，何不另闢新途，寫一首序詩，於是產生同名的詩作〈鳳凰花開時〉，有台語和華語版，我就以台英雙語刊在大會詩選集內。

樹屋

我在內部留下空隙
讓你翻牆進來
根植入固執石壁
從此不再分離

榕樹
也堅持佔有空間
遮蔭我的大地
永遠在一起

歷史留下
斑駁的記憶
樹頂射入的陽光
更加燦亮

KUEI-SHIEN SAID...

　　來到安平樹屋，原英商德記洋行倉庫，已完全被密密麻麻的大片榕樹氣根佔領，鑿牆穿壁，無孔不入，無遠弗屆。看到整個倉庫被摧殘到不成型，極為驚訝。

彩虹處處

清晨我沿湖邊林中步道
當頭就看到一道彩虹
其實是一株向湖面傾身的麻竹
卻高高掛在半空中
兀自照映著水影

漁夫立在搖晃的小舟拋網
以彩虹的姿勢潛入水裡
槳板起落猛拍著湖面
把早起的鳥聲打碎
散漫了七彩的晨光

四十年後的我初顯老態
日月潭依然青春　依然嫵媚
霧靄漸褪　詩興漸濃
不明不白的戀情
卻大張旗鼓掛起回憶的彩虹

KUEI-SHIEN SAID...

　　詩人岩上安排到南投交流行程，遊日月潭，我憶起1995年在此主辦亞洲詩人會議時，寫過一首詩〈彩虹處處〉，如今一晃又過了20年，感受到「日月潭依然青春　依然嫵媚」。

我的新世紀詩選

淡水雨濕濕

觀音山雨霧霧
天頂濕濕
詩一瞬一瞬落落來

由高高看捷運站
茨頂親像金色雞卵糕
是日頭落海的詩

平家樓仔茨尖茨頂
親像一堆一堆柑子色粟堆
是透早日出的詩

新砌的大樓
親像雜花五色的連續壁
是花糊糊的詩

打馬膠路
被車輾（kauh）過的傷痕
是烏面的詩

舉雨傘的手濕濕矣
佮心臟共款紅霓（ge）紅霓
是紅心的詩

上濕的是淡水河
淡水濕
予淡水變成詩的故鄉

KUEI-SHIEN SAID...

　　晨起，細雨濛濛，從福格大飯店窗口望出去，前方有造型特殊的淡
水捷運車站，左側林立大樓色彩雜駁，右側早期公寓統一格式，各有千
秋，俯瞰黝黑柏油路面，積水處處，黃色計程車一大早已在街道穿梭，
淡水展現淡淡水氣的本質特色，〈淡水雨濕濕〉詩意自然湧現。

淡水鳳凰樹

淡水鳳凰樹
並南部復較豔

國際詩歌節帶來
詩美的享受

鳳凰再生
火燒並熱情復較熱

詩人是人間鳳凰
永遠留在淡水風華記持

淡水也會永遠留在
詩人熱情的心內底
在熱情的詩內底

KUEI-SHIEN SAID...

　　遊賞淡水文史古蹟，牛津學堂、淡江中學、真理大學校區、馬偕紀念館，在教士會館接受真理大學自助餐招待後，又在音樂廳欣賞管風琴演奏，詩人在此吟詩共享。原先期待有學生交流機會，因大學開學較晚，尚在夏眠中。倒是真理街山坡的鳳凰木，不理會夏季已近尾聲，雨季又是悄悄來到，還以全副熱情表現在詩人面前，從遠遠看過去，勝似去年台南颱風過後的「無茈無厲」。

淡水夕陽

承受眾詩人欣賞眼光
不知要投射到
何一位特定的心靈
面遂紅
未記得該照顧
淺眠的觀音山
倒岸正岸
腳動手動心動的遊客
匿到雲幕後壁
忍未住不時探頭偷看
陸陸續續溫柔輕聲
寄託河面駛過的船傳達
啊　淡水夕陽
原來是一位多情女詩人
念詩安慰
匿在暗中的人聽

我的新世紀詩選

聽海

我常常喜歡聽海說話
走遍了世界各地海岸　江河　湖泊

我最喜歡的還是淡水海邊
這裡有千萬株相思樹共同呼吸

無論是日出迷離　月下朦朧
雨中隱隱約約　或是陽光下藍深情怯

只為了聽海唱歌　看相思樹
模擬海　千萬株手拉手跳土風舞

激越時高亢　溫柔時呢喃
海容納消化不同的心情和脈動

每當我在淡水海邊沉默以對
辨識海的聲音有幾分絕情的意味

我的新世紀詩選

KUEI-SHIEN SAID...

　　沿路再到三芝淺水灣，平坦的白沙灘、彎曲的海岸線很有魅力，朝海左方，有一條防波堤往海上伸出，是用消波塊砌造，雖然要走過去，得學習小朋友跳房子的方式，但有幾位詩人義無反顧往前奔，到最遠末端，站在那裡念詩給海聽。有幾位保守在堤岸邊沙灘，在此迎風念詩。我被森井香衣點名，念大會詩選《詩情海陸》上的〈聽海〉，原本是在三芝海邊所寫，正合時地。

淡水舊茨

行過佫濟海岸　江湖
聽過海無數的吩咐
我轉來淡水故鄉　聽山　看山
在大屯山跤的舊茨石牆子內
接受勇壯有力頭的溫暖相攬

我接待突尼西亞美女詩人赫迪雅
由非洲遠途過海洋來看我出生地
伊親切斟酌看我家族舊相片
一個一個問何一位是阿公、父母
兄弟姐妹，我得過佮未得過獎的資料
重翕轉去存檔案，親像家己人一款

人類起源在非洲
彼是人類共同的古早故鄉
我的祖先來到淡水
埋在大屯山跤，我在此出世
將來也是我最後安息的所在

赫迪雅欣羨我舊茨
在綠色環境享受超越俗氣的安靜

詩有未得可測量的連結魅力
台灣詩人朋友猶不知我的祕密基地
非洲美女詩人卻先一步來探看
我最後的企家已經留在伊的記持

我的新世紀詩選

KUEI-SHIEN SAID...

與同學聊天，我一介白頭老翁提起往年學校舊事，那些小朋友對史前史，好像興趣缺缺。後來，同學對遠從非洲而來，因緣來到淡水僻鄉國小，念詩分享的赫迪雅產生興趣，紛紛發問，非常活潑。從水源國小順路帶赫迪雅去石牆仔內，這是我家高祖山石公在1871年所興建，是忠寮（原名中田寮）李家九間大瓦厝之一，我雖在此長大，但1960年退伍後到台北工作，已聚少離多，如今由我堂弟國雄管理，在大廳邊間放置一些我的照片和書籍，赫迪雅一一檢視、拍攝，興會淋漓。我禁不住寫詩記其事。

淡水新景

吃水燒火炭的鐵路火車

變成窗子椅子清氣的觀光捷運

推風淋雨的三輪車

變成安穩的社區巴士

清閒自在的老街

變成鬧熱滾滾的市區

粗布衫褲的鎮民

變成穿紮漂魄的遊客

匿入去傳說中的馬偕

變成企到街頭的守護神

發到真蕃的山林

變成學生追求夢的學堂

亂撣的糞掃堆

變成抵天的大樓鐵金剛

本地鄉土的味來香

變成皆條街相接的咖啡店

像盲腸的河邊

變成遊賞散步的愛情三線路

過河的撐渡船

變成彈琴唱歌的遊輪

拋荒野外的山坡地

變成氣氛爽快的藝文園區
每工共款該下班的日頭
變成人人相爭翕相的對象
一甲子進前離開家鄉的少年家
變成找不到時間轉接點的老人

KUEI-SHIEN SAID...

　　多年未在淡水駐留一星期之久，得此機會到處參訪，回味家鄉溫情，想起少小離家老大回，一甲子之間，人事鄉里面目全非，思前思後，恍兮惚兮，宛若兩個不同世界，變化之大，簡直似天翻地覆，又如黃粱一夢，且以詩〈淡水新景〉觀前顧後，姑且詠歎一番。

淡水捷運

進出淡水捷運站的旅客
是什麼樣的人呀
昨日淡水飲食之美
留下一天的味覺餘韻

進出淡水捷運站的旅客
是什麼樣的人呀
今日淡水風景之美
存續一年的視覺映像

進出淡水捷運站的旅客
是什麼樣的人呀
明日淡水詩文之美
寶藏永生的心靈縈懷

KUEI-SHIEN SAID...

除了將出席2017淡水福爾摩莎國際詩歌節的國內外詩人作品，印成《詩情海陸》第2集外，主辦單位淡水文化基金會特別布置淡水捷運站前廣場和詩人住宿亞太飯店詩展。原先擔心淡水捷運站公共空間，可能無法爭取到參與首創的文化活動，不料捷運公司對這種提升企業形象的公益活動，欣然接受，令人感動。淡水捷運站牆上除貼有詩歌節主視覺外，還有淡水福爾摩莎國際詩歌節介紹，部分詩人看板和立牌，上面有詩人照片和詩。另在牆面凹處，貼詩的截句，讓每天進出淡水捷運站的乘客，享受讀詩之樂，或感染詩歌節的氣氛。我禁不住為〈淡水捷運〉寫歌，期待有人譜曲。

淡水詩故鄉

我離開淡水時
詩寫淡水
心思留在出生的故鄉

我離開台灣時
詩念淡水
無法斷絕世居的故鄉

我離開世界時
詩留淡水
願終究成為詩的故鄉

KUEI-SHIEN SAID...

試寫短詩〈淡水詩故鄉〉，或許可當做歌詞用。

淡水桂花樹

國際詩人結伴蒞臨

亞洲詩人溫文

非洲詩人熱烈

美洲詩人沉著

歐洲詩人從容

在淡水忠寮鄉間道路

共同種植桂花樹

賦予四洲四季體質

夙著文風的忠寮桂花樹古宅

復育成國際詩人桂花鄉

以天為父地為母

桂因詩而貴氣

桂香留在鄉里芬芳

詩因桂而思念

詩韻流傳在詩人心中

播放到世界各處

KUEI-SHIEN SAID...

　　忠寮社區發展協會在搭遮陽棚的場地，簡單歡迎儀式後，由協會理事長李鎮榮和族長父老，以及我和最資深的墨西哥女詩人馬格麗塔‧加西亞‧曾天諾代表，在社區路口種植一棵最高桂花樹。然後由詩人從遮陽棚背景布幕上，取下各自名牌，到社區道路旁每人種一棵，掛上簽字後的名牌，當做詩人的養樹識別證，再在使用的鏟子背面簽名，留在社區活動中心做紀念，顯示協會設計活動的用心，以及保存文物的高度文化意識。社區還準備樹苗給詩人，連阿根廷詩人里卡多‧盧比奧都要了，我不知道能不能用飛機載回去？

　　植樹後，進入社區活動中心，里民準備好紅龜粿、湯圓待客、也示範製作方式，很多詩人吃到甜頭，包括摩洛哥女詩人達麗拉‧希奧薇，還打包回旅館去，要再回味一番。義大利詩人安傑洛‧托吉亞興致一來，開始引吭高歌，場面立刻顯得熱絡，印度詩人蘇基特‧庫瑪‧慕赫吉的夫人，和墨西哥女詩人馬格麗塔的女兒，率先跳起舞來，里民感受到詩人的融洽，更為歡心，真是一場貼心的國際民間交流，我留詩〈淡水桂花樹〉紀錄。

淡水榕堤夕照

榕樹鬚根

密集排列簾幕

夕陽隱退幕後

以熱血壯士姿勢

獻出全副能量

給台灣國度生命力

激情照耀半邊天

演出濺血自溺謝幕

壯士畢竟是鳳凰不死鳥

化身大鵬遠飛

仍會按照計畫時程

以獨立形象

再度輝煌台灣大地

我的新世紀詩選

KUEI-SHIEN SAID...

詩人遊淡水老街,一方面看看庶民生活的形態,另方面買些伴手禮回國。傍晚時,集合到淡水河岸榕堤,坐在堤岸上榕樹垂鬚間,於時時變幻莫測的夕照下念詩,興趣盎然,有些路人或遊客會停下腳步,聆聽片刻,再施施然而去。面向海口時,透過榕鬚,感受到時間被夕暉往下壓沉到海平面,消失無蹤,換來詩〈淡水榕堤夕照〉的誕生。

淡水是我，我是詩

如果人民沒機會讀詩
我們把詩送到人民面前
如今你可以在進出淡水捷運站時
看到詩貼在牆上對你眨眼
如今你可以在倉庫改建的展覽場
看到詩在窗口反光在地上閃亮
如今你甚至從洗手間解放出來後
可以在詩的面前洗滌一下心靈
如今你可以在廢用的公共電話機旁
讀到詩以遙遠的聲音呼喚你
將來你可以在便利商店買飲料時
詩讓你在透心涼中感到暖和
將來你可以在餐廳點餐時
在餐桌墊紙上讀到難忘的開胃詩
將來你可以在鮮麗慶典式街旗
見識到詩迎風招展你的笑容
將來你可以在舊街購買美食後
把淡水美的詩帶回家咀嚼無窮餘味
我們把詩送到人民面前
人民隨時有機會讀詩

讓淡水真正成為詩的故鄉

因為淡水是我，我是詩

KUEI-SHIEN SAID...

　　2018淡水福爾摩莎國際詩歌節詩展，依然分三個場地，即「遇見詩」，在淡水捷運站廣場，自9月1日至10月31日；「閱讀詩」，在淡水文化園區殼牌倉庫藝文展演中心，自9月8日至30日；「詩的聚會所」，在詩人住宿亞太飯店，自9月15日至10月14日。詩展由張淳善策劃，夥同李若玫設計和李庭儒執行，有出奇的表現。淡水捷運站廣場在乘客休息區，利用透明天窗，藉天然陽光把詩歌節標語，「如果人民沒機會讀詩，我們把詩送到人民面前」投射到地面，真正送到休息區的人民面前。去年在廣場的詩牌，改成詩截句，以白字橫貼在紅磚牆壁上，字小不顯，但紅白對比醒目，貼在不規則位置，令進出客人有不經意發現的驚奇感。又配合尋找詩句的活動，產生趣味性。我以詩〈淡水是我，我是詩〉誌之。

淡水晨景

淡水山崗上運動公園
早起老人做甩手扭腰晨操
連微風都不敢驚動
同樣早起的鳥
被山腳下更早起的車聲壓制
連啁啾二字都說不出口
幾抹白雲劃過藍底的天空
像小孩感冒哈啾
不留心噴嚏流出的鼻水
濺到對面觀音頭上
太陽從大屯山脈小坪頂探頭出來
怒目而視像忍不住氣的金剛
即使有成排黑板樹肅立在側
即使有台灣欒樹配襯輝煌喜悅
即使有遛狗在草地尋尋覓覓
老人垂目不敢逼視金光
不敢繼續在荒廢公園徘徊

KUEI-SHIEN SAID...

　　9月22日開幕，大清早起來，散步到住宿的亞太飯店對面山丘上晨操，這裡原本是墓地，公墓遷移後，遺留的可能是私家墓地，樹木、花草修剪整齊，未見荒塚，在下方接近平地部分，還開闢網球場，一大早就有人在練球。在墓地旁作早操，竟然引起詩意，完成〈淡水晨景〉。

淡水幻想曲

原作：安傑洛·托吉亞
漢譯：李魁賢

在等待中，我心存幻想
他們還在玩
這是我的地方
我短暫旅行
短暫停留，知道為什麼嗎
我是有道理的
他們感覺瘋狂有勁
在這黑暗而蒼白時刻
我稍有反動煩惱
當然有些事情會變
我們無權又無力
這是現實，我們重視的是
沒有認同感
我們永遠孤單
我說出如今腦裡
再度出現的幻想
你不四處看看
有這些音符，你更值得
夢想越來越接近你

我們無權又無力
這是現實，我們重視的是
沒有認同感
我們永遠孤單
我留在這裡
一無所有
然而我的人生
掌握在我手中
不會的
我們不會孤單

KUEI-SHIEN SAID...

　　10點開幕式在台北藝術大學禮堂，除行禮如儀外，特別節目的義大利舞蹈家羅蓓塔芭蕾舞，令人感動，原先她只預備跳一支舞，約4分鐘，聯絡中我說給她安排10分鐘，結果她編三支舞，很有東方韻律感，配曲也富有東方抒情味，可見她為淡水詩歌節特別編舞的苦心。羅蓓塔換舞換裝中間，插入義大利詩人歌唱家安傑洛的節目，他為淡水精心作詞譜曲，已在國際間演唱過的〈淡水幻想曲〉上場了。

淡水岸礁

被風刀凌厲彫塑定型

在富貴角燈塔照耀不到的海岸

孤獨經過多少世紀了呀

天空來來往往的飛鳥

荒路上急急飛過的人影

如同空白的日子可數

沒人發現那塊海風催黑的岩礁

經不經心彫鑿成

不再修飾的最後遺作

竟是米開朗基羅聖殤庇祐祂

五百年前模仿的原型

KUEI-SHIEN SAID...

　　東北海岸線詩旅，先到石門區富貴角，詩人三三兩兩沿滿布風稜石的海岸，往凸出的岬角走，季風很強，蔚藍海天，鷗鳥或像風箏，隨風飄舉，或像神風特攻隊，逆風突襲，愛好攝影的詩人掌握機會「逆來順受」，捕捉難得鏡頭。我發現一處默守岸邊的岩礁，竟似鬼斧神工，詩想發作，喜獲〈淡水岸礁〉一詩。庇祐祂（Pieta）是米開朗基羅著名雕塑《聖殤像》的音譯，又名《聖母慟子像》或《哀悼基督》，為梵蒂岡聖彼得大教堂典藏作品。在淡水東北角海岸線有此擬似景致，豈非天造地設？

燈塔自白

茫茫海上

我願給妳一點光

指點一個方向

或許妳從此遠遊四方

漸去漸遠

或許妳決心靠岸

廝守美麗的海島

偎倚曲折的海岸

白天單純是一個景點

夜裡絕對會放射光芒

照耀海岸歷史

直到天亮

妳留下　共存海角

妳離去　各自天涯

KUEI-SHIEN SAID...

　　從富貴角繼續往海岬走，來到台灣最北端的富貴角燈塔，這是日本人在台灣建造的第一座燈塔，於1897年完工，外型呈黑白平行相間條紋的八角塔。適星期一不對外開放，詩人就在外面濱海廣闊空地念詩，享受大自然中的詩情畫意。和去年在老梅綠石槽一樣，摩洛哥達麗拉特別垂青，點名要我念〈燈塔自白〉，而且說其夫婿瓦立德要當場翻譯念阿拉伯譯本。在富貴角燈塔前念〈燈塔自白〉，正合地理，我欣然應命。

走向國際

Selected Poems from My New Century

我的新世紀詩選

薩爾瓦多

夢

夢　網著咱
好歹一世人

若是惡夢　黑天暗地
無路可行　哭未出聲
夢著花謝　連爛土都無當援

若是美夢　雲淡風輕
黑暗的影　已經消失
夢著花開　聽著孩子的笑聲

你的夢合我的夢相打參
雖然有時惡夢　咱也會相成
你的夢合我的夢相打結
就會變成美夢　永遠青春嶺

夢　網著咱
快樂一世人

留鳥

我的朋友還在監獄裡

不學候鳥
追求自由的季節
尋找適應的新生地
寧願
反哺軟弱的鄉土

我的朋友還在監獄裡

斂翅成為失語症的留鳥
放棄語言　也
放棄海拔的記憶　也
放棄隨風飄舉的訓練

寧願
反芻鄉土的軟弱

我的朋友還在監獄裡

　　出席在Fundación Maria Escalón de Nuñez場地的朗誦詩會，當我念完〈留鳥〉時，聽眾席前排立刻有人問，「你的朋友還在監獄裡嗎？」我解釋這首詩寫於1984年，今天已經沒有詩人或我的朋友還在監獄裡，聽眾席同時發出讚歎聲，坐在我旁邊的主持人Lovey Argüello低聲問我，是不是真正有我的朋友坐過牢，她以為是我的想像，後來她贈送我一幅她自畫的2號油畫做紀念。

蘇奇多多的神祕

進入蘇奇多多耀眼的強光
我突然感到一陣荒涼
似乎走到許多人逃亡的街上
連石頭也失去了表情

白色的牆使我無端想起
隔著世紀和重洋的洛爾卡
我希望聽一些風聲
沒有風聲
卻有無聲的槍在逡巡

蘇奇多多的神祕是因為
用牆建立起懷疑的眼光
牆內卻是綠意的天地
像盆栽一樣雕琢的古木
不但參天還盤踞參禪

後院不知是沒落
或是還沒興建完成
存在似乎為了存在而已

而延伸到湖邊的縱深
好像進入神祕的時光裡

全身退出是必然或是偶然
就像歷史有時無法解釋
但我窺見了白色的牆後
自成一個不欲人知的世界

薩爾瓦多

KUEI-SHIEN SAID...

　　參觀薩爾瓦多－蘇奇多多市的一所教堂，看到內部大柱竟然是用三夾板釘成的空心柱，連三夾板都已破損，可以看到內部空空如也。屋頂天花板也是木板釘成。倒是兩側小教堂在整修中，是用水泥塗砌，可見社會民間窮相。我的觀察和感受，形成作詩〈蘇奇多多的神祕〉的素材。

檳榔樹

跟長頸鹿一樣
想探索雲層裡的自由星球
拚命長高

堅持一直的信念
無手無袖
單足獨立我的本土
風來也不會舞蹈搖擺

愛就像我的身長
無人可以比擬
我固定不動的立場
要使他知道
我隨時在等待

我是厭倦遊牧生活的長頸鹿
立在天地之間
成為綠色的世紀化石
以累積的時間紋身
雕刻我一生
不朽的追求歷程和紀錄

KUEI-SHIEN SAID...

閉幕式念詩的有美國Rick Pernod、阿根廷Graciela Cros、阿爾及利亞Hamid Skif、巴拿馬Pablo Menacho、瑞士Alberto Nessi、哥倫比亞Raúl Henao、多明尼加Teonilda Madera、薩爾瓦多Mario Noel Rodríguez，我排在最後壓軸。我先致簡短謝詞：「向薩國人民聽眾，在詩歌節期間，對詩人和詩作的絕大熱誠，表達高度謝意，也給我留下深刻印象，至為感動！」這最後一場，我念〈檳榔樹〉，獲得很大迴響。

薩爾瓦多詩旅

西班牙語我只會說
Buenas Noches！Gracias！
這樣妳們就接受了我

我在台上看到妳們
幾百雙聚精會神的眼睛
比投射光還亮麗
照得我暖烘烘起來

我帶來台灣之聲的發音
向妳們廣播詩的旋律
妳們不知道的語言
竟然體會出我的母語
比我長大才學的華語
有更為悠揚的節奏

我念到〈山在哭〉
妳們紛紛告訴我受到感動
妳們的感應竟然是透過
妳們的詩人運用

妳們熟悉的語言
朗誦轉述我的心情

會後妳們湧向前來
向我致賀　握手　要求簽名
熱烈貼頰和擁抱
對我像家人一樣
只是我不知道
哪一位是我前世
今世或來世的新娘

KUEI-SHIEN SAID...

　　拉美人的熱情早有所聞，但即使後來我參加過尼加拉瓜、古巴、智利、祕魯等國詩歌節，遇到詩的愛讀者很多，也沒有像薩國人這樣熱烈。特別是女性，貼頰擁抱，甚至兩手夾住我腦後，全身緊貼，踮起腳跟，乃至懸空，完全像家人一樣。這樣受寵產生我的第一首薩國記遊詩〈薩爾瓦多詩旅〉。

　　蔡英文總統就任後第一次出訪，於2017年1月13日到達薩爾瓦多，翌日出席桑契斯總統（Salvador Sánchez Cerén）國宴時，當著薩台兩國政要念這首詩，獲得滿堂掌聲。2018年4月3日她在淡水雲門劇場的第20屆國家文藝頒獎典禮致詞說，這一首詩的效果勝過我國多年的外交努力。但終究一首詩還是沒有很大錢途，敵不過中國對薩國提供高達8500億新台幣天文數字經援，薩國終於在2018年8月21日與台灣斷絕邦交。

我的新世紀詩選

印
度

生命在曠野中呼叫

把匕首用力投擲過去
一次又一次
從外圍逐漸向內心集中

他睇視著凶暴的夏天
這樣揮手練習的姿態
竟也逐漸感到暈眩了

生命在曠野中呼叫著
每當他的手垂落
生命在曠野中呼叫著

他凝聚自己形成一把匕首
蓄勢向中心炎熱的牆
做最後的衝刺

KUEI-SHIEN SAID...

　　台灣現代詩多元化，每一位成熟的詩人都試圖尋求不同的表現，以建立其本身獨特或變化的風格。台灣現代詩中受到矚目的特性是反抗精神，對抗建制的政治權力，尤其是1895年到1945年日本帝國主義統治下的殖民主義，以及1945年後中國國民黨所統治中國法西斯政黨的擬似、再或後殖民主義，直到約10年前，台灣才透過所謂「寧靜革命」，邁向真正的民主化和自由化。〈生命在曠野中呼叫〉寫於1969年，一方面挑戰「凶暴的夏天」（即惡霸的統治者），另方面鼓舞「在曠野中」的團結力量，「向中心」（即中央統治集團）衝刺。

克里希納

有人說祢是幽暗國度
我來到祢的懷裡
反而豁然開朗
知道世上竟有
那麼多人在生活水平以下
像蛆蟲在掙扎
那麼多人栖栖皇皇
比螞蟻忙碌和辛勞
那麼多灰塵蒙住天空
克里希納啊　祢的眼睛是否被蒙住
我常看見祢高高在上
注意崇拜祢的人來來往往
祢有沒有看透他的內心
有時激動　有時不安
有時需要撫慰　有時需要愛
幾千年的歷史從傳統進入現實
還有多少年可以把現實帶入夢境
祢在廟堂上我崇拜祢
我更嚮往祢在身邊讓我愛祢
我會像恆河穿透祢的心臟
說說人民的喜怒哀樂

和祢共享隨時感受的情意
印度或許有過幽暗的時代
光在誰的手裡呢
克里希納啊　祢張開著眼睛
天空有時灰濛　有時藍得晶瑩
就像我對祢一樣純淨
崇拜祢　我不用信徒的姿勢
我只是常常凝視祢
期待祢始終在我身邊
印度假使是幽暗
因為人的心還沒有打開
歷史的腳步很慢
我祈求成為祢的唯一
儘管祢還要照顧他人
我看到許多哀愁的眼睛
在車潮人潮中滿懷希望和憂傷
那些應該在快樂歲月的孩童
無助地張望人來人往
累積生活的重壓成長
他們需要祢　克里希納啊
更甚於我的心靈
我只要遠遠看祢一眼就心安
在祢身邊是緣份嗎
我終必回到軌道上應有的位置

印度會在我夢中時時出現
或許再過幾十年幾百年
我看到祢的時候
祢展露美麗的珍珠笑容
開光在印度人民幽暗的心坎上

KUEI-SHIEN SAID...

　　夜宿奧蘭卡巴。回國前夕,與同行前輩黃騰輝、葉笛等在中庭聊到
半夜,凌晨即醒,起身寫詩〈克里希納〉,算是給印度的告別贈禮。

我習慣在廢紙上寫詩

我習慣在廢紙上寫詩
詩的優美和崇高表現
在文本　不在載體
這是簡單不過的道理

有人關心台灣的環境污染
用雪銅紙印出垃圾滿地的場景
在精美的媒體上呈現滿目瘡痍
不惜浪費生態資源
合理化攻擊生態破壞者

台灣幾時已落入自我消解顛覆的困境
詩要在醜中見美　死裡求生
於污穢地基上植被難見的優雅
你要知道　有人用文字寫詩
有人用生產和勞動唱出詩的內涵
有人用生命填補史詩的空白

詩也是意義的實踐　不止是美
任何形式的浪費都是非詩的行為
我並不刻意選用廢紙寫詩
只是要你知道　滿足於克己的習慣
奉行少增加台灣負擔的傾心

調色盤的結局

在彩色的生涯裡
忽然豔麗忽然陰鬱
高潮或低調
瞬間變化起起落落

我平板的身體成為轉運站
任畫家隨意調色調情
全神貫注他的精靈
把我成形的情色
一下子轉移到畫布上
成為他公開存證的結晶

我的生涯結局往往是
退居到無人注意的角落
一生的絢麗只剩下
沒有洗掉的偶然的顏色

我成就了畫家的才華
但願有人最後回眸
看到我身上有一朵紅玫瑰

KUEI-SHIEN SAID...

　　印度俳句詩會會長法赫魯定（Mohammed Fakhruddin，或譯法魯定），是《詩人國際》月刊主編，從1996年開始向我邀稿，到1998年就頒給我「1997年度最佳世界詩人獎」。法魯定更早在20世紀末，就有意推薦我為諾貝爾文學獎候選人，但他要寫一本專書評論我的詩做為附件。先是應邀出席文建會2002年10月19至20日在高雄市中正文化中心主辦的「李魁賢文學國際學術研討會」，發表〈李魁賢其人其詩〉一文，再經多年收集資料，詳讀我所有英譯詩，又經過我兩次組團訪印，親身交往，瞭解憨深，終於完成《福爾摩莎之星李魁賢》（The Star of Formosa Lee Kuei-shien）一書，於2005年由印度詩人國際書局（Poets International Books）出版，書中簡述台灣文學背景，詳細評論拙作，舉不少詩的實例，進行分析，其中引詩〈我習慣在廢紙上寫詩〉、〈調色盤的結局〉，論析我創作題材所涉及日常生活中相當重要的時事，以及所使用的象徵主義手段。

蒙古

海洋和草原

海洋的綠色草原
一群群的綿羊
被風驅趕著
嘩啦啦響

草原的綠色海洋
一層層的波浪
隨風起伏
咩咩叫

我在長住的海島
想像廣漠的草原
我去草原旅行
帶著海洋的鄉愁

究竟海洋是我的草原呢
或者草原是我的海洋
海浪是我的羊群呢
或者羊群是我的海浪

KUEI-SHIEN SAID...

　　從小熟讀過「大漠孤煙直」、「風吹草低見牛羊」等詩句，常會冥想一望無際的大沙漠，和天地一線的大草原等壯觀景象。雖然在埃及親歷過撒哈拉沙漠，也馳騁過澳洲草原，但我想像的虛擬夢境，始終是在蒙古。台灣和蒙古天南地北，從來沒有想到，有一天竟然可以身歷其境，蒙古也成為我到過緯度最高的亞洲國家。台灣是一個海島，四周被茫茫渺渺的海洋包圍，蒙古則是一片莽莽蒼蒼無際的草原，四周沒有臨海，草原就是蒙古的海洋，隨風搖曳的牧草，就是海上綠波。完全相反的地理位置和地形地貌，我禁不住以詩〈海洋和草原〉加以比擬。

致蒙古詩人

在我的夢土上
北方有遼闊的草原
一直連綿到天邊

在人類學上
蒙古是我的故鄉
我祖先從天邊
經過多少世紀的歷史
來到南方的海角

台灣在太平洋的海角
不，或許是海洋的中心
正如蒙古在天幕下的中央

詩讓我為未來造像
也回溯到心的原點
我真實感受到家的親情
連繫北方詩人的溫馨

　　寫詩〈致蒙古詩人〉寄給哈達，對哈達以及未謀面的蒙古詩人朋友們，先打招呼，期待彼此之間未來有密切的交流，促進深刻的瞭解和國際交流。

馬奶酒

在草原的藍天下
幾幾乎
伸手可觸及白雲

在成吉思汗營
迎賓的草地
蒙古姑娘呈獻的馬奶酒
我接到的是一杯白雲

酸酸澀澀的味道
有草原的香味
有少女的溫柔

飲馬奶酒
享受微風般的醺醺然
一種初戀的味道
屬於前世

　　藍天綠地，白雲朵朵，似晾曬的白床單，靜靜不動，低到幾乎伸手可觸。營地是開放草原，主人站著迎賓的位置就是門，進門時，一位女士來獻哈達，表示歡迎，然後奉上馬奶酒。蒙古人喝酒方式是，用中指沾酒，彈向天空，表示先敬天，再沾酒，彈向地，表示敬大地，最後彈向對方，敬人。〈馬奶酒〉寫下初次經驗。

戈壁之女

離開戈壁
就像一顆流星
在蒼冥的宇宙間
尋找一個方向

遊牧的生活
就是滾滾黃沙
走向烏蘭巴托
成為滾滾人潮

離開戈壁
我知道自己的方向
卻不知留在沙漠的家
會流移到哪一個方位

家在天地之間
蒙古包只是休息場所
有時像沙丘
一陣風就飄到另一個地點

回到戈壁

在荒漠的八方

四顧茫茫打聽

家在何處家在何處家在何處

KUEI-SHIEN SAID...

　　參觀沙漠家庭游牧生活，匪夷所思，沙漠地表無水，所以要鑿井供牲畜所需，而放牧往往要浪蕩到遙遠地方，不知何時才會回到原地，家裡若有上學的孩子，放假回來就找不到家在哪裡。以詩〈戈壁之女〉為證。

蒙古草原意象

像一盤包子
端上餐桌

乳房層層疊疊
在草原上
向天空袒露

藍藍的天空
看到眼紅
終於閉目歇息了

綿羊躺在山坡下
以男嬰的姿勢
溫溫柔柔

KUEI-SHIEN SAID...

　　據說，由於蒙古地廣人稀（人口密度是每平方公里2人，台灣則360人），蒙古從共產主義轉向共和國後，把收歸國有的土地，開始部分分配給人民，若年輕人結婚，夫婦地可連在一起，合併起來就加倍大，可搭建蒙古包、蓋房子或其他用途。草原相當平坦，稍有坡度起伏，形成小山巒，層層疊疊相偎相依，非常具備溫柔感，從沒想像過山是如此的女性美，賦予我心動的〈蒙古草原意象〉。

成吉思汗的夢

你有一個夢　龐大到
戈壁容不下　草原容不下
整個千禧年也容不下
遊牧的金星引導你
向北走　向東走　向南走
最後向西走　一直走到
天邊　一直走到海角
沙漠連接到茫茫海洋
草原進入到莽莽山林
你的夢在於歐亞拼圖
遊牧民族不收藏土地
取諸世界　還諸世界
你的蒙古馬是一顆流星
你的馬上雄姿眾人仰望
所到之處歷史成為流言
你忽而現身忽而消失
須臾　成就你的須彌
第二千禧年以你為尊
你的肉體化成幻影
宇宙間自由自在無所不在
你生諸天地　還諸天地

留下畫像流落未登臨過
海角島嶼台灣的虛擬故宮
繼續一個鄉愁的夢
夢到蒙古草原　夢到戈壁
夢到蒙古繁衍的子孫後裔

我的新世紀詩選

雪落大草原

蒙古包外
雪靜靜落著
天地柔情對話有滿月見證

蒙古包內
劈拍響的燒柴正熾
旅人的心跳聲應和著

旅人們圍著爐火的談興
追憶年輕時的豪邁
對照進入老境的心情

蒙古包內
漸起的鼾聲流水般
時而悠揚時而徐緩

蒙古包外
大草原的雪
跳起了迴旋土風舞

KUEI-SHIEN SAID...

　　第26屆世界詩人大會兩天議程中，另以「成吉思汗詩歌節」特別節目壓軸，從應徵描寫成吉思汗為主題的80位詩人當中，選出20位國際詩人和35位蒙古詩人的作品，印成《長天生之歌》詩集一冊。當晚邀請其中16位上台朗誦各種語言的原音，我有幸被選中，朗誦拙作〈成吉思汗的夢〉。

　　會後安排古都哈拉和林和大草原三天之旅，重踏去年履痕，遇雪連霄，住在蒙古包內，生火取暖，通常使用木柴或乾糞做燃料，別有一番風味。燃料只能烘暖兩小時左右，服務人員約每二小時就要進帳添火，真辛苦。得詩一首〈雪落大草原〉。後來土耳其女詩人穆塞雅（Müesser Yeniay）鍾愛此詩，說是表現其蒙古祖先的生活，譯成土耳其文，發表在土耳其《詩刊》（Şiirden）雙月刊第37期，2016年9、10月號。

意象之二

大板根以輻射狀延伸
在地上築起長城
盤踞著逐漸拓展的
勢力範圍

大螞蟻話多
在尋覓突破的缺口
栖栖皇皇了半天
消失了蹤影

白鴿輕易
倏起倏落城牆上
不用任何語言藉口
意象優美自然

貓儼然
一副詩人模樣
在尋找最好的角度和時機
捕捉

KUEI-SHIEN SAID...

　　為使詩歌節不流於兩國詩人見面哈啦了事，乃策劃編輯一冊英文《台灣心聲—台灣現代詩選》（Voices from Taiwan—An Anthology of Taiwan Modern Poetry, 2009），透過哈達主編的《世界詩歌年鑑》通路，發行全球，趁第3屆台蒙詩歌節開會推出，旨在經由詩文本的閱讀，達成深入而久遠的實質交流意義和成果。由於時間緊迫歷經不少挫折，幸虧在眾多詩人支持下，順利集合26位詩人願意參加詩選，提供英譯作品，共同用詩替台灣發聲。參加《台灣心聲》英語本的詩人有錦連、黃騰輝、莊柏林、林宗源、趙天儀、李魁賢、岩上、林佛兒、喬林、李敏勇、陳銘堯、莫渝、鄭烱明、馮青、李勤岸、利玉芳、吳俊賢、劉毓秀、蔡榮勇、林鷺、陳明克、林盛彬、方耀乾、江文瑜、陳秋白、張貴松。意外的是，我接到書時才發現，蒙古出版社Munkhiin Useg集團公司採用施並錫的油畫〈未知〉設計書的封面，這幅畫在我的詩集《溫柔的美感》裡，是以〈意象之二〉配圖。

在蒙古草原徜徉

在蒙古草原徜徉
尋找我心靈的故鄉
牧草是露水親吻的對象
小花用不同顏色吶喊
不管你注意還是不注意
雨忽然跑過來作弄
還沒有瞭解心情
忽然又跑得不見蹤影
我的心在蒙古草原徜徉
瞬間攀上岩石崢嶸的山巔
望東　草原連綿山脈
望西　山脈連綿草原
望南　馬群在蒙古包週圍馳騁
望北　蒙古包在馬群間蹲下休息
太陽跑出來又躲進雲裡
我的心不想躲藏
只想在草原的故鄉徜徉

　　7月4日上午參觀營地附設的成吉思汗文物紀念館後，接著到左側外的射箭靶場，讓大家試試射大鵰的身手，曾經競選過蒙古總統的學者詩人達西尼瑪（Luvsandamba Dashnyam）開弓就射，但我拉滿弓時不敢放手，手一鬆，弓自然垂下，試了四次才成功，大家還以為我在搞笑。在營地空曠草原散步，充分感受天闊地廣的舒暢，留下此詩作見證。

在蒙古唱維吾爾情歌

揭起了妳的蓋頭來
不要猶豫　不要羞怯
烽火看到千里外怒睜的大眼睛嗎
草原民族曾經是親戚
曾經也是割袍的仇敵
歷史走過烏魯木齊
烏魯木齊是維吾爾人的核心
揭起了妳的蓋頭來
不要遲疑　不要等待
空氣會使彎刀般的眉沸騰嗎
命運是長生天注定
有人要刻意扭曲變造
消息來得比蒙古野馬快
烏魯木齊的流星就要燎原
世界的焦點轉向被遺忘的烏魯木齊
我的情歌有人知道心意嗎
那就快快揭起了妳的蓋頭來

KUEI-SHIEN SAID...

　　大會安排同樂晚會，晚上9點開始。七月大草原白晝氣溫約攝氏25
度，入夜降到約15度，溫差不小。因為同樂晚會，氣氛更加輕鬆，讓蒙古
詩人有大展歌喉機會，台灣詩人則幾乎是搏命演出，雖然大部分唱得離離
落落，個個奮勇演出，熱情可感。下半場轉為舞會，舞林好手馮青有超群
表現，讓蒙古詩人大為傾倒，最後是台灣詩人搶盡風頭。會中傳來消息，
在中國新疆的維吾爾人受到整肅，我臨時起意唱維吾爾情歌表達同情關
懷，以此詩誌之。

　　早餐會上，庫勒爾巴特拿出我的《黃昏時刻》蒙英雙語詩集，要我
簽名，他的專長是傳統三行詩，我特地題兩行字回應：

　　　　我在蒙古草原尋找詩的故鄉
　　　　我在你的歌裡保存永久的懷念

草原天空無戰事

一隻鷹在天空飄舉
俯衝時有撕裂時間的流聲
呼應詩人尋鷹的焦灼
所有土撥鼠密藏在
大草原掩蓋下自掘的防空洞
像夢中一樣無聲的大草原
已習慣遠離大興安嶺南下
以天空為家的孤獨老鷹
背襯著藍天白雲
潑墨遺落的一滴墨漬
瞬間渲染成百隻雀鳥群
亂雲般向西席捲而去
俯衝的老鷹以腹滾式翻騰
拚出戰鬥機的特技追逐
橫掃過靜靜無事的天空
來不及留下一點影子
給洞裡的土撥鼠咀嚼

KUEI-SHIEN SAID...

午時，專車停在三友洞參觀，蒙古詩人設計在附近草地吃三明治簡餐，旁邊有多隻土撥鼠在探頭探腦。台蒙老中青詩人在草原玩起老鷹抓小雞的兒童遊戲，個個返老還童，不知老之將至、已至。在大自然天地間，自有一番別趣，仰望藍天，鷹隼獨自翱翔，有時追逐群飛小鳥為樂，有時俯衝覓食，顯示鷹眼銳利，驚嚇從地表探頭出來的土撥鼠。但偌大天空，除了悠悠白雲，無與爭鋒，更顯示其孤傲自大，獨霸天下的氣概，所以我寫〈草原天空無戰事〉，一片寧靜到無聲無息。

再見成吉思汗

經過七十年的冬眠
再見到您復出光芒四射
仍然令人目眩神迷
以不鏽鋼的雄姿
躍馬挺立在蒙古大草原上
您八百年反射的太陽光輝
在歷史上永遠奪目燦爛
太陽因您才令人不敢逼視
誰要是冤屈您
您必因而擴充能量
誰要是埋沒您
您必沉潛再度崛起
在長生天的庇護下
您已化成天地間的一環
即使形相不在
蒙古民族的心與您結成一體
在天底下閃閃發光

　　參觀成吉思汗紀念館，此紀念館採用BOT方式，私人投資佔資本60％，政府出40％。紀念館建築主體呈蒙古包的圓形結構，直徑50公尺，建在廣大草原的突起小丘上，成吉思汗英姿煥發的騎馬雕像，矗立在二層建築主體頂上，非常壯觀。建築物高12公尺，雕像30公尺，採用不鏽鋼打造，耗費250噸材料，動用500位專家合力建造，為迄今世界上最高大的騎馬雕像，也只有成吉思汗可當之無愧。建築物正廳入口供奉成吉思汗馬鞭，說明牌上刻有當地傳言，意思是「每一位蒙古人都可征服世界，只要他手中有馬鞭」。我們乘電梯登上雕像馬頭觀景台，可以遙望肯特山（Khentii），遠瞰圖拉河（Tuul）和大草原，又可近身接觸成吉思汗，讓我寫成〈再見成吉思汗〉。

大草原石雕展

誰有此神工
雕琢這些超大型巨岩作品
或瑰奇如千年烏龜
或磊落如男性圖騰
或如怒目羅漢亂髭叢生
或如豎立排笛隨意安插
誰有此能耐
把這些奇巧的石雕
或百噸或千噸或無量噸數
遍置在凸出的圓滑山丘
相距數里數十里數百里
經歷時間巨斧慢慢鏤刻
以大草原綠絨為墊
展示給日月光華風雨洗練
為萬物賦形的創作者
不老的長生天在草原上展出
無始無終

我的新世紀詩選

尼加拉瓜

我穿上新黑衫

這一天
我穿上新黑衫
印有
La Poesía es como la Luz
y es la Luz
因為我深信
詩像光
其實就是光
可照亮黑箱
像照妖鏡一樣
那年我在詩人達里奧故鄉
在乾旱的天空下
突然被雨淋濕的詩心
捨不得穿的新黑衫
收藏在密封記憶箱內

這一天
我穿上新黑衫
印有
La Poesía es como la Luz
y es la Luz

在黑箱籠罩的台灣

始終不明不白的天空下

說要有光

可是始終等不到光

黑太陽躲在積層雲裡

人民手持太陽花

在黑漆漆的柏油街道發光

我穿上詩

帶著微弱的光

像螢火蟲一般遊弋

KUEI-SHIEN SAID...

　　2006年第2屆格瑞納達國際詩歌節有二大主題：紀念首創尼加拉瓜前衛運動的作家、翻譯家、歷史學家、詩人荷西‧柯洛涅爾（José Coronel Urtcho, 1906-1994）的百歲冥誕，大會標語就是柯洛涅爾名言：「詩比希望更有希望」（La poesia ew major que la esperanza）；另一是慶祝格瑞納達重建150週年，把詩歌節活動納入建城慶典節目，吸引市民熱烈參與，確實把文學與生活加深結合的好創意，從整個詩歌節的活動過程，也證明此項策劃和執行的成功。柯洛涅爾名言「詩比希望更有希望」是出自〈詩的王國〉這首詩：詩中「詩像光，其實就是光」句（la poesía es como la luz y es la luz）也被印在格瑞納達國際詩歌節大會黑色T恤上，讓我們穿上詩，帶著光遊走。

　　後來，2014年台北太陽花運動時，抗議者號召全台民眾3月30日晚上到台北市凱達格蘭大道靜坐、遊行。我一介老人也穿此件黑色T恤上陣，回來成詩一首〈我穿上新黑衫〉。

開口

到最後關頭　剩下
一絲氣力　還是要開口
即使失去溝通的對象
沒有人理睬

不哀求　不討好
認知注定的命運
開口是天生的權利
到最後一刻也不放棄

即使被看做是唱歌
也要唱出一生練就
最精華的歌聲

詩人啊　不要閉口
管他人愛聽不聽
發言吧　大聲發言吧

KUEI-SHIEN SAID...

　　第2屆格瑞納達國際詩歌節有來自30國約200位詩人參加,國内外詩
人大約各半,規模盛大,台灣有許悔之和我,奉文化部指派連袂出席。開
幕前一天,2月7日上午以書展和手工藝展揭開序幕,除簡單儀式外,在列
昂宮廣場一口氣安排四場朗誦詩,持續二小時,悔之和我都被安排上場,
悔之朗誦他的名作〈跳蚤聽法〉,我則念〈開口〉。

在格瑞納達

在我的故鄉
經常聽到
心靈的呼喚
來自尼加拉瓜
達里奧的祖國
絲絲入扣
從太平洋此岸
到達台灣東海岸
從世紀的此岸
到達時間流逝的彼岸
從現實世界的此岸
到夢裡尋尋覓覓的彼岸
循著心靈的呼喚
終於來到尼加拉瓜
我看到達里奧的同胞
在太陽豐收的土地上
有著褐色的笑容
在古城格瑞納達
從世紀遠遠的彼岸
流傳著美麗與哀愁

從世界各國匯流
詩的友誼和夢幻

KUEI-SHIEN SAID...

　　大會副會長倪卡西奧・吳爾比納（Nicasio Urbina）是當地人，為美國辛辛納底大學拉丁美洲研究中心主任，很熱心，主動為悔之和我翻譯、朗誦西班牙譯本，以後也靠他安排朗誦，獲得很大便利。他贈送我一冊西漢對照《魯文・達里奧詩歌選集》，是戴永滬選譯，吳爾比納寫序，魯文・達里奧國際基金會烏爾庇斯出版社，2004年出版。我2016年再度參加第12屆格瑞納達國際詩歌節時，他遠遠就跑過來打招呼，親切如故。詩朗誦後，有民族舞蹈表演，此時已入晚，廣場擠滿人潮，似乎傾城而出。是夜，我感動之餘，寫詩〈在格瑞納達〉，自然流露我的傾心。

達里歐的天空

乾旱的季節
達里歐的天空
每到傍晚
飄飛著雨絲
不夠凝結成
一滴抒情的淚
教堂的廣場上
聚集人群比鴿子還多
詩句比雨絲濃些
民眾的情緒
最後被牆上點燃
才顯示灼灼的字句
擠出了驚歎
人群和鴿子一樣
四散各自找尋
回家的夜色
或許帶回一句兩句
達里歐留下
顏色不太分明的天空
藏在夢裡

　　開幕典禮選在懷恩教堂（Iglisia la Merced）廣場舉行。先有迎神舞，類似台灣的迎陣頭、八家將，穿著錦袍繡服，背插令旗，臉譜是西班牙人造型，顯示尼加拉瓜混通歐美文化，已進入到民俗慶典活動裡。這類人物造型成為尼加拉瓜到處可見的紀念品，似為文化產業成品之一。開幕式行禮如儀，預定出席的博拉紐總統因政務繁忙，沒有出現，由格瑞納達市長查莫洛（Alvaro Chamorro）擔任貴賓，講話極為簡短。重頭戲放在詩朗誦，結束時，放火燒牆壁，製造高潮。最高潮出現在，火燒盡時，牆壁上顯現Aqui esta Granada（格瑞納達長在）字句，象徵格瑞納達城市浴火重生。此儀式的設計和創意，甚具震撼性，也扣緊大會兩個主題，難怪上千座位爆滿，四周圍還有許多市民圍觀，共襄盛舉。我寫詩〈達里歐的天空〉記其盛事。

馬納瓜湖

十年前
在格瑞納達詩歌節
雨毛子火燒慶典城市
我無張持想起
達里奧的天頂
今年情人節
馬納瓜湖靜悄悄
情人統在輕聲細說醉茫茫
我忽然間遇到達里奧
繕劍　手提羽毛帽子
一身外交大禮服
企在花園中心
土地用帥花布置週圍
詩人穿便服偎湊陣
拱高在世界詩史頂面
在情人節即一工
我更加相信
詩是一世人上深的愛
詩人專情
是不會變心的情人

KUEI-SHIEN SAID...

〈馬納瓜湖〉是我第二次來到尼加拉瓜，用台語書寫的第一首詩。

獨立廣場

在獨立廣場
彩色旗旛裝飾彩色廣場
彩色馬車裝飾彩色公園
彩色攤位裝飾彩色遊客
彩色房屋裝飾彩色街路
彩色教堂裝飾彩色天頂
歌舞者彩色服裝裝飾
尼加拉瓜彩色生活
連天星統佚（an）落來
斟酌聽詩人吐心聲
設想有一工
在台灣獨立廣場
詩人吟開創時代的詩
歌舞者活跳新時代的脈
彩色世紀會當裝飾
台灣不免復掩掩揜揜（ng ng iap iap）
全然現實的獨立廣場

KUEI-SHIEN SAID...

　　第12屆格瑞納達國際詩歌節於2月14日傍晚6點，在獨立廣場開始有暖身活動節目。今年大會以「整合中美洲」（Por la Integración Centroamericana）為訴求，活動主軸除紀念詩人魯文‧達里奧逝世一百週年外，另向尼加拉瓜詩人厄涅斯妥‧梅吉亞‧桑切斯（Ernesto Mejía Sánchez）致敬，也追悼瓜地馬拉詩人路易‧卡多薩‧伊‧阿哈宏（Luis Cardoza y Aragón），足見格瑞納達國際詩歌節在建立和彰顯拉美詩文學方面的用心和努力。台上有人演講介紹主題詩人生平和詩作、放映相關影片。念詩會在晚上7點開始，主題是向中美洲詩人致敬，安排由中美洲詩人念詩分享。然後，是尼國民俗舞蹈。現場布置旗幡五彩繽紛，勝似嘉年華會，正顯示拉美人的熱情奔放。

自由標售

標明自由的旗旛
自由逮風搖
在獨立廣場
我行過自由街
看到自由之家欲出賣
擔心自由
遂無地企起
自由之家失落
自由欲何去
自由無可自由
靠偎獨立廣場
自由佮獨立
敢無法度共存
該當的事誌
出現佮事實相反
自由未應得交易
自由是
生存的本質

Kuei-shien said...

　　我沿旅館旁的格瑞納達市主幹道卡爾札達街（Calle la Calzada），散步走到尼加拉瓜湖邊碼頭。在外牆黃色的大教堂附近徒步區，正在舉辦手工藝展，也是詩歌節大會的一項活動。街道兩旁民宿、餐廳、酒館、咖啡廳櫛比鱗次，可見觀光客不少，毗鄰房屋都漆不同顏色，使街道非常豔麗。房屋內院深邃，商家也是表面平淡，內部則廣闊如集合商店，沿街也有掛出租出售廣告板。街上小販賣水或賣椰子，收入不豐，可想而知，卻都閒適悠然。偶然看到「自由之家」出售的廣告板，引起我的遐思，寫詩〈自由標售〉。

在修道院吟詩

在隱世的修道院內
風吟詩予
躬身的椰子樹聽
有鳥子在唱歌謳樂
詩人用寫詩修行
隱居在世俗現實社會
但詩無隱世
熱烈介入庶民生活
詩人進入修道院吟詩
終歸會行出修道院
在修道院外
佮風相爭自由
像鳥子獨唱心聲
在自由的天跤下
孤椰子樹留在院內
習慣無言無語無振動
靜觀跤下面土地

KUEI-SHIEN SAID...

　　聖方濟教會修道院在懷恩教堂（La Merced）旁邊，四合院式，非
常清靜，中庭成排椰子樹，迎風搖曳，在35℃暑氣中，坐在椰影下，
頓覺涼爽得多。傍晚轉到懷恩教堂中庭聽朗誦詩。詩歌節這麼多活動都
沒有提供口譯，全部以西班牙語進行，對不諳西語的人實感不便，所以
許多活動無法參與，或只是應卯，吸取經驗。回旅館寫詩〈在修道院吟
詩〉自遣。

吟詩交流

你的語言
由意義變成聲音
我的語言
用聲音表達意義
無共款的語言
用無共款的聲音
交流意義
詩人的志業
運用無共款語言佮意義
追求共款的和平‧
友誼‧愛‧理解
像五彩旗
逮風搖
共款的姿勢

第12屆格瑞納達國際詩歌節正式開幕儀式，傍晚6點在獨立廣場舉行，獨立廣場排滿椅子，除前面詩人保留區外，已經坐滿市民，四周燈光通明，電視台攝影機高架在廣場後方正中央。外交使節團到場觀禮，有美國、歐盟、西班牙、日本、墨西哥、薩爾瓦多等國駐尼加拉瓜大使，我國莊哲銘大使也出席，可見格瑞納達國際詩歌節已從純粹詩會，更往國際外交意義延伸。

開幕式分兩組吟詩，每組8位，開幕第一組由尼國領銜代表詩人91歲的埃內斯托·卡德納爾（Ernesto Cardenal）開場。埃內斯托也是尼加拉瓜天主教神父和政治家、解放神學家、索倫蒂納梅群島（Solentiname Islands）原始主義藝術社區的創辦人，在群島住過12年。曾經是桑定民族解放陣線成員，後來退出該組織，1979年至1987年擔任尼加拉瓜文化部長。他因年歲已高，我們每組念詩人坐在台上，但他在室內休息，有人扶他走出來，巍巍顫顫走上念詩講台。

我被安排在第一組第5位，念〈在格瑞納達〉和〈島嶼台灣〉，技巧性把尼加拉瓜和台灣緊密連接，我每念完一首，就由一位女學生幫我念西譯本。我念詩時，我駐尼加拉瓜莊哲銘大使還到台前幫我拍照，我下台後，他說剛剛周圍詩人聽我念詩，都叫好，莊大使又稱讚西譯文字優美，我告訴他是古巴詩人所譯。莊大使提到他祖父在二戰後回福建原鄉省親，因中國內戰而無法回台灣，莊大使又說念台語比念華語更美。夜裡，我寫這首詩〈吟詩交流〉。

111

尼加拉瓜

詩迎鬧熱

格瑞納達久久長長
世界久久長長
詩歌節變成迎鬧熱
停止破壞地球
詩關心嚴肅課題
挈領少年郎街頭跳舞
扛黑色棺材抗議
打扮魔鬼警戒
詩人呼籲停止環境污染
在挈頭車架子頂
用各種語言念詩喝咻
保護咱生存世界
格瑞納達久久長長
世界久久長長
詩歌節變成迎鬧熱
街頭街尾停站接手念詩
詩萬歲自由萬歲愛情萬歲
安靜古城
全員出動鬧熱滾滾
注二月空氣契到變成
熱天

KUEI-SHIEN SAID...

　　2月17日上午在懷恩教堂前台階拍團體照，我提前到達，在聖方濟教會修道院靜坐，參觀尼國先民生活展和遺物石雕文物展。下午舉行詩嘉年華，在格瑞納達市區踩街遊行，就從懷恩教堂前出發，會長法蘭西斯科因中風後行動不便，由他陪女市長朱麗雅（Julia Mena）坐馬車前導，看到我，要我也上車，我說要照相湊熱鬧，婉謝啦。後面接著一部汽車，車頂裝設演講台，後跟著遊行隊伍，有打扮仙女的小學生、穿彩色鮮豔服裝的女中學生沿街熱舞、有社團抬著棺材抗議的化裝隊伍等等，街道塞爆，熱鬧極啦！沿街到較大十字路口就停下來，共停11站，讓各國詩人輪流登上車頂演講台朗誦詩，以反對破壞地球、反對污染環境、保護人類生存世界、詩萬歲、自由萬歲、愛情萬歲等主題訴求。由詩人主導帶動社會各界團體，展現詩的運動能量，可能是世界各國舉辦國際詩歌節活動所僅見。這樣有創意的詩嘉年華不可無詩，〈詩迎鬧熱〉於焉產生。

尼加拉瓜湖

棕樹在湖邊企做標兵

已經由青春

企到開始變黃

用乾葉搭的涼亭子跤

一家人抵在享受

日頭蔭影的下晝頓

湖面

一半被水蓮花掩蓋歷史

一半是鳥子陣由半空中

落落來的高山水影

小隻船子停在倒落樹箍邊

無人無牽索子

上蓋吵的是

火焰樹尾紅葩葩

上霸氣的是

拉丁美洲樂隊熱情鼓吹

由觀光台頂面欣賞湖景

唯一在眈恂的是

彼隻搖椅

KUEI-SHIEN SAID...

　　20日就是最後一天，去遊尼加拉瓜湖，可能事先作業不周，沒能像10年前到湖中島遊覽，只在碼頭涼亭休息、午餐，有少數人下湖划舟，我利用此閒暇寫詩〈尼加拉瓜湖〉。

我的新世紀詩選

古巴

不同的自由

公園裡
鳥在隔著步道的樹上
唱著不同的曲調
一隻飛過來一隻飛過去
採取不同的姿勢
兩隻同飛時
一隻飛向東一隻飛向西
選擇不同的方向
兩隻飛向同樹時
一隻棲上枝一隻棲下枝
停在不同的高度
因為自由自在而顯得孤單呢
還是孤單才能自由自在

KUEI-SHIEN SAID...

2014年5月出席古巴第3屆島國詩篇詩歌節時，我大膽向世界詩人運動組織祕書長路易提出亞洲區，或不如說是為台灣，近期可列入活動的兩項計畫：其一是到2015年，世界詩人運動組織即將創立十周年，希望能到亞洲舉辦慶祝活動，走出歷年主要局限在拉丁美洲運動的困境，當然為方便起見，在亞洲周年慶活動地點以台灣為首選；其二擬議編譯《兩半球詩路》（Poetry Road Between Two Hemispheres），以漢英西三語印製，我負責選20位台灣詩人作品，由路易祕書長負責選20位拉美詩人，每位詩人選詩數首，合計70行以內，佔兩頁，三種語言，再加大頭照和簡介，每位詩人佔6頁篇幅，全書共240頁，由PPdM出版發行全世界，特別是西語系國家，這是台灣詩人透過拉丁美洲詩人橋梁進入西語系國家的良好管道。

我在《兩半球詩路》內自選三首詩：〈達里奧的天空〉、〈切格瓦拉在古巴〉，選用這兩首詩與拉美讀者搏感情，以書寫拉美的詩應比較容易與拉美人拉近距離，產生共鳴，同時表達台灣詩人也在關懷拉美的社會現實；第三首詩則選〈不同的自由〉（選自詩集《台灣意象集》，秀威，2010年），顯示普世「和而不同」的自由真諦，也是詩人真實的內心世界。

島嶼台灣

你從白緞的波浪中
以海島呈現

黑髮的密林
飄盪著縈懷的思念
潔白細柔的沙灘
留有無數貝殼的吻

從空中鳥瞰
被你呈現肌理的美吸引
急切降落到你身上

你是太平洋上的
美人魚
我永恆故鄉的座標

鸚鵡

「主人對我好！」
主人只教我這一句話

「主人對我好！」
我從早到晚學會了這一句話

遇到客人來的時候
我就大聲說：
「主人對我好！」

主人高興了
給我好吃好喝
客人也很高興
稱讚我乖巧

主人有時也會
得意地對我說：
「有什麼話你儘管說。」

我還是重複著：
「主人對我好！」

輸血

鮮血從我體內抽出
輸入別人的血管裡
成為融洽的血液

我的血開始在別人身上流動
在不知名的別人身上
在不知名的地方

和鮮花一樣
開在隱祕的山坡上
在我心中綻放不可言喻的美

在不知名的地方
也有大規模的輸血
從集體傷亡者的身上

輸血給沒有生機的土地
沒有太陽照耀的地方
徒然染紅了殘缺的地圖

從亞洲　中東　非洲到中南美

一滴迸濺的血跡

就是一頁隨風飄零的花瓣

KUEI-SHIEN SAID...

　　《兩半球詩路》的出版相當引起注目，一來這是台灣詩人首度集體闖入拉丁美洲書肆，對當地讀者而言，具有異質的台灣詩作，會有某種程度的吸引力，二來另一半作品含蓋美、歐、非三大洲12國的詩人聲音，正好也有參照意味。我見機不可失，趁勢再向路易提出續編第二集的構想，因為我覺得台灣詩人只選20位，陣容還不夠壯大，而且仍有許多應該可以在外國詩壇露面的詩人，還未選入，何況以一半篇幅被台灣詩人所佔的國際詩選，史無前例，其隱喻實不言可喻。《兩半球詩路》第二集我自選〈島嶼台灣〉、〈鸚鵡〉、〈輸血〉三首詩，都是多年來在國際詩歌節場合，常念與各國詩人分享的作品。

給妳寫一首詩

我給妳寫一首詩
沒有玫瑰和夜鶯
在歲末寒流中
只有霹靂的鼓聲頻頻

在歲末寒流中
我給妳寫一首詩
看不到妳的時候
深深感覺到妳的存在

看不到妳的時候
思考我們存在場所的現實
我給妳寫一首詩
信守我們的承諾

信守我們的承諾
期待愛的世紀來臨
在禁錮的鐵窗裡
我給妳寫一首詩

KUEI-SHIEN SAID...

　　援引參加印度和蒙古詩歌節前例，我將此次參加2014年第3屆古巴「島國詩篇」詩歌節的8位台灣詩人，已貼在世界詩人運動組織網站的作品各5首，共40首，輯印成漢英雙語《台灣島國詩篇》（Verses in Taiwan Island）一冊，刻意與大會主題「島國詩篇」（La Isla en Versos）對稱，以期相互呼應，求取與會各國詩人的深刻印象和感同身受。我自己選入《台灣島國詩篇》的5首詩，除後來編入《兩半球詩路》內的〈台灣島嶼〉、〈鸚鵡〉和〈輸血〉三首外，就是〈在格瑞納達〉和〈給妳寫一首詩〉。

來到西恩富戈斯

熱烈的陽光一路親吻我
溫柔的加勒比海微風吹撫我
我感受到台灣故鄉的爽朗

繽紛的杜鵑日日春鳳凰木笑臉迎我
鳳梨甘蔗木瓜芒果香蕉對我甜言蜜語
我感受到台灣故鄉的情意

平野敞胸迎我不離不棄沿途相伴
山巒曲線若即若離欲迎還拒
我感受到台灣故鄉的浪漫

海以寬容無際波浪展開眼前
港灣張開雄偉臂膀擁抱我
我感受到台灣故鄉的親暱

KUEI-SHIEN SAID...

西恩富戈斯青年創作者之家（Casa del Joven Creador de Cienfuegos）朗誦詩，在室外舉行。台灣詩人擔綱首發，我急就章的詩〈來到西恩富戈斯〉（Arriving at Cienfuegos）派上用場。

古巴國道

馬路已變成車道
汽車在車道上
疾馳
車道依然是馬路
馬車在馬路上
散步

八線路的國道
從國都綿延到文化古都
19世紀的馬車　瞬間
停格在汽車疾馳的視窗上

左邊是人力獸力在墾荒
右邊是農耕機在起哄
汽車疾馳而過
馬車留在風景裡嘀嘀咕咕

KUEI-SHIEN SAID...

　　5月7日早上9點從謝戈德阿維拉回哈瓦那，車程450公里，除中途午餐外，都在高速公路上，沿路看到不少馬車在公路外線道上自在行走，這已經是古巴常見的景象，其實在城市裡的大街小巷，馬車和機車、腳踏車，都是日常方便的交通工具。

切格瓦拉在古巴

在革命廣場高樓外牆鐵雕
看到切格瓦拉
在通衢大道沿路巨面看板
看到切格瓦拉
在紀念館庭院的雕像群
看到切格瓦拉
在餐廳牆壁上裝飾物
看到切格瓦拉
在各種色彩的Ｔ恤衣衫
看到切格瓦拉
在住家臨街的外壁標語
看到切格瓦拉
在文化報每日報頭
看到切格瓦拉
在詩歌節海報和出席證件
看到切格瓦拉
在古巴歷史書重要部位
看到切格瓦拉
在古巴人大寒立春的內心
看到切格瓦拉

KUEI-SHIEN SAID...

　　我在古巴寫的另一首詩〈切格瓦拉在古巴〉英譯本，被歸化美國的國際作家暨藝術家協會會長巴西女詩人裴瑞拉（Teresinka Pereira）推薦，收藏在阿根廷的切格瓦拉紀念館。

我的新世紀詩選

智和

詩人（El Poeta）

原作：聶魯達
漢譯：李魁賢

那時我在悲痛居喪期間
為諸事忙進忙出；那時
我喜愛一片小小石英
並且專注於終生的職業。

我側身在貪婪的市場內
善事居然也有價碼，呼吸
嫉妒的無情沼氣，不顧
人情爭論假面和存在。

我苦守濕地住家；百合
破水而出，突然間攪亂了
水泡而綻放，令我著迷。
行腳所至，精神自然反映，
不然就轉向崎嶇坑洞。

我的詩於焉誕生，像是
從荊棘叢脫困，一趟苦行，
在孤獨中受盡折磨；

或者就離開去荒廢花園
埋葬最祕密的花卉。

我隱居，像隱蔽的水
在幽深的走廊流動，
快速逃離人人的存在，
以各種方式，習於厭煩。
我看到他們的生活是：
壓抑一半的生命，像魚
在陌生的海域，而在
無際的泥沼面臨死亡。

死亡敞開門檻和道路。
死亡在牆上滑行。

KUEI-SHIEN SAID...

　　主辦單位世界詩人運動組織（Movimiento Poetas del Mundo，簡稱PPdM）創辦人兼祕書長—路易‧阿里亞斯‧曼左（Luis Arias Manzo）在室外小劇場頂面角落，掛上世界詩人運動組織活動布幕，擴音器擺好，就招呼參加【詩人軌跡】詩歌節的各國詩人集攏來，展開室外街頭詩朗誦會。以後整個詩歌節活動，到任何地點、場所，都採取這樣機動性，隨時隨地可念詩、不愧是社會運動型詩團體。我在全套25冊《歐洲經典詩選》（桂冠圖書出版公司，2001-2005）中有半冊是聶魯達詩作，出國前又在《鹽分地帶文學》第53期（2014年8月）譯刊五首聶魯達的詩。我刻意準備在詩人紀念場所念其漢譯本，表達敬意，而不念自己的詩，這應該是比較特別，而且具有意義的方式。所以，我就在第一場選念〈詩人〉（El Poeta）這首詩，表示我對聶魯達敬仰、認同，肯定他做為詩人的尊崇聲望，似乎也正好適當隱喻詩人晚年避居La Chascona的心情和隱逸自得。

祈禱勿忘我（Oración para que no me olivides）

原作：奧斯卡
漢譯：李魁賢

我要活在妳看見的
每朵玫瑰和百合裡
所有鳥鳴都唱妳名
請妳勿忘我。

如果妳認為星在哭
不可能填滿你心靈
容我的孤獨來親你
請妳勿忘我。

我繪玫瑰色水平面
也繪出藍色香羅蘭
再使月亮伴妳秀髮
請妳勿忘我。

若睡夢般輕鬆走過
模糊恍惚花園世界
我內心夢想的是妳
請妳勿忘我。

我的新世紀詩選

黃昏時在遠方祭壇

妳挽新人臂受福證

當金戒指套上手指

我的心靈噙著淚水

在垂死的基督眼中

請妳勿忘我！

KUEI-SHIEN SAID...

　　10月10日早上前往蘭卡瓜（Rancagua）憑弔詩人、劇作家奧斯卡·卡斯特羅（Oscar Castro, 1910-1947）。奧斯卡出生於蘭卡瓜，16歲開始發表詩，1936年起擔任《論壇報》（La Tribuna）編輯，與女詩人伊索達·普拉特爾（Isolda Pradel, 1915-2012，埃訥斯蒂娜·朱尼嘉Ernestina Zuniga的筆名）結成連理。1936年為死於西班牙內戰的洛爾卡寫傳，才開始專志於文學創作，詩與小說雙管齊下，產量豐碩。惜從小體弱多病，以致早逝。在公墓內，有奧斯卡家族墓，但奧斯卡的墓單獨位在更內部轉角處，石材墓碑前有方塊草坪，詩人逐一在墓碑前獻花後，我拿出《鹽分地帶文學》第53期，刊載拙譯奧斯卡詩五首，念其中〈祈禱勿忘我〉（Oración para que no me olivides）追悼，念完即將該刊贈給在場接待的奧斯卡孫子。

在公園念詩

陽光溫煦的公園
有羅德里格斯銅像
矗立在青空下
春天正風光
樹葉翠綠炫目

少年騎士以剛健舞步
擁著羞澀女郎翩翩
鳥聲在伴奏花在拍手
無端發現自己的騎士夢
竟已流失不知去向
我的祖國夢還未醒
同志已不知去向

島嶼台灣似遠又近
頓覺沮喪不知所措
自己的〈島嶼台灣〉詩篇
以天籟的聲音喚醒我
好像來自比羅德里格斯
更高的天使之音
天佑我有島嶼台灣

美夢隨身相伴
天涯海角即使短暫
感受詩的永恆力量
純美的聲音令人不忘

KUEI-SHIEN SAID...

　　午後在聖費爾南多公園朗誦詩，有樂隊演奏，加上少男少女奎卡舞，熱鬧非凡。我念完〈島嶼台灣〉後，退出圍圈，因為音樂太過喧嘩，寧願到公園內四處走動，平衡一些清靜，卻意外給我創作〈在公園念詩〉的成果，讓我興起要寫《給智利的情詩20首》的念頭。

光把妳籠罩

原作：聶魯達
漢譯：李魁賢

光把妳籠罩在致命的火焰裡，
精神恍惚而蒼白的傷心人，
站在黃昏時靠近圍繞妳
轉動的老舊螺旋槳。

我的朋友，單獨無言
處在這死寂時間的孤立中
並充滿著火熱的生命，
成為荒廢日子的純粹繼承者。

果樹的枝枒從太陽落到妳深色的
衣服上。夜的巨大樹根
驟然從妳的心靈茁長，
在妳內心裡隱藏的事物再度呈現。
所以妳新誕生的氣色慘青的
人們獲得了營養。

雄壯、精力旺盛而且有魅力的奴僕啊，
以輪流通過黑色和金色運動的圓圈：

建立、領導，據有一項創造
使生命如此富饒以致花謝
而滿懷悲傷。

KUEI-SHIEN SAID...

　　近午時，參觀畢，詩人移步到過街斜對面的詩人廣場。這裡有三尊銅像：維多夫羅坐姿，手持柺杖，圓盤帽放置膝上，左手伸長，似跋涉後歇息，遊客若坐下來靠近合照，正像老友閒聊；米斯特拉爾也是坐姿，一副老婦獨坐沉思或正享受日光浴的悠閒模樣；聶魯達則採立姿，像是在迎賓或送客。我在此選念聶魯達《20首情詩和一支絕望的歌》中的第二首〈光把妳籠罩〉。

今夜我會寫下

今夜我會寫下最傷心的詩行。

例如寫下：「夜碎成片片
而藍星在遠方寒顫。」

夜風在空中迴旋悲吟。

今夜我會寫下最傷心的詩行
我愛過她，有時她也愛我。

像這樣整夜我擁抱她在懷裡。
我一再吻她在無盡的天空下。

她愛過我，有時我也愛她。
怎能不會愛上她寧靜的大眼睛。

今夜我會寫下最傷心的詩行。
想到我沒有她了，感到我失去她了。

聽到無際的夜，沒有她更加無際。
詩落在神魂如像降露在草地上。

我的愛不能留住她怎麼辦。
夜碎成片片而她不在我身邊。

就這樣。遠方有人唱歌。在遠方。
我的神魂悲傷失去了她。

我極目搜索好像向她走近。
我心尋找她，而她不在我身邊。

同樣的夜漂白同樣的樹。
我們當時的風光已經不再。

我不再愛她，真的，但我多麼愛過她。
我的聲音試圖託風送到她的耳邊。

別人的。她會是別人的。像我以前的吻。
她的聲音。她漂亮的身體。她無限的眼睛。

我不再愛她，真的，或許我還在愛她。
愛情這麼短，忘記卻要這麼久。

因為像這樣整夜我擁抱她在懷裡。
我的神魂悲傷失去了她。

雖然這是她造成我最後的痛苦
我還是要把這些最後的詩寫給她。

KUEI-SHIEN SAID...

在黑島之家對面，高出街道十餘台階的一家商店門口，遙望著聶魯達墓地朗誦詩，我選擇念聶魯達《20首情詩和一支絕望的歌》的最後一首〈今夜我會寫下〉，表現詩人的浪漫熱情。

詩藝（Arte Poética）

原作：維多夫羅
漢譯：李魁賢

詩像一把鑰匙
可以打開千道門。
樹葉落下；有時飛舞；
眼所見莫非創造，
聽者內心震動不已。

發明新世界應謹慎用字；
形容詞，沒有生命，死掉罷了。

我們處於神經周期。
肌肉曬到枯乾
像古董，放在博物館內；
但力道並未減弱：
真正力量
留在頭腦中。

為何歌頌玫瑰，詩人呀！
讓它在詩裡綻開吧！

對我們而言
太陽下事事物物都活生生。

詩人是一位小小上帝。

KUEI-SHIEN SAID...

餐後前往智利前衛詩人文森‧維多夫羅（Vicente Huidobro,1893-1948）墓園。文森‧維多夫羅出生於聖地亞哥富裕家庭，18歲出版第一本詩集《心靈迴聲》（Ecos del alma），即帶有現代主義傾向。1916年到歐洲，與畢卡索、布勒東等巴黎前衛藝術家、詩人交往，一度和阿波利奈爾一樣熱中於圖畫詩，成為前衛詩人中堅分子。1925年回到智利，創辦政論雜誌，支持者擁他競選總統，卻有人在他家門口扔炸彈，他逃過一劫。以後又前往歐洲，專志寫小說，參加超現實主義運動，也是創造主義（Creacionismo）藝術運動的主腦，主張詩人應將生活融入事物內，而非僅止於描寫自然。

維多夫羅墓園在一片廣大的斜坡草原間，疑似荒地，沒看到有任何耕種農作物。附近有標示維多夫羅紀念館，但外觀像是維多夫羅相關的紀念品店，奇怪的是，路易沒有安排進去，也沒人來墓地打招呼，與去憑弔奧斯卡的情形，大相逕庭。詩人在維多夫羅墓園朗誦詩，我選念他的〈詩藝〉。

膜拜姿勢

天然聖母造型的巨石
立在山丘上召喚信徒膜拜
非信徒抱著虔誠前來
竟然撲倒雙膝跪地
是無意識的動作
還是有什麼緣份等待連結

智利詩人說　跌倒時
表示你是那塊地的主人
啊　即使是膝蓋下
小小方寸之地可供立錐
流下幾滴血可以算是
有心還是無意耕耘

感謝妳扶我一把
我來不及親吻方寸土地
可以起身繼續人生未來行程
猛然發現我要追求的是
真正內心方寸之地
我想膜拜的是那新形象

肅穆沉靜時有幾分
聖母慈善的神似
如果我勇敢在那方寸間
跪下請求接納我
引導我餘生的信念
妳會微笑還是掉頭離去

KUEI-SHIEN SAID...

10月16日，早上參訪迪戈・德・阿爾瑪哥羅（Diego de Almagro）中學，與學生座談。然後轉往參觀原石聖母像園區，裡面有一座巨岩，形似天然雕塑的聖母像，立在基座上。我因想走捷徑，不願繞到階梯上去，跳過一壕溝，不料跳過後卻腳軟，自然跪下去，驚動在旁的路易、蒂娜和葦芸，我怕見笑，拉住葦芸伸出的手，一骨碌站起來。路易安慰我說，智利俗諺有云：「跌倒時，表示你是那塊地的主人」，這句話促成我翌日清晨早起寫詩〈膜拜姿勢〉。

家

原作：米斯特拉爾
漢譯：李魁賢

兒子呀，餐桌上
放著潔白的乳酪，
四壁的陶器
閃耀藍色光芒。
這裡是鹽，這裡油，
中央，麵包像在說話。
黃金比麵包金黃可愛
不會開金雀花或結果，
小麥和烤箱香味
予人無止境的快樂。
小兒子呀，我們撕麵包
硬指和軟掌併用，
你看得目瞪口呆
黑土竟然開出白花。

你放手搆到食物
學母親下手的樣子。
兒子呀，小麥靠空氣，
陽光和鋤頭；

麵包稱為「神面」，
不會自動掉到餐桌上。
若其他孩子還沒有，
兒子呀，你最好別碰，
最好你別伸出
那丟臉的手先去拿。

KUEI-SHIEN SAID...

　　回駱馬鎮（Vicuña），參觀1945年諾貝爾文學獎得主米斯特拉爾（Gabriela Mistral, 1889-1957）的紀念博物館，該館著作、相關文物收藏豐富，館前是米斯特拉爾故居，屋前有一立式說明牌，標題La Casa（家）。於是，我站在旁邊，念米斯特拉爾的詩〈家〉應景。

不肯的迴音

我一向習慣在野地行走
原生植物生態是我的最愛
勝過瓶花的嬌美
插花的巧飾作態
生態保護區有海岸作伴
天荒地老無盡期

人生寄旅有幸中途歇腳
眺望太平洋隱伏波濤
心情無法平靜
澎湃聲聲衝擊虛弱心房
不知誰能聽到共鳴
岩礁小島離岸邊這麼近
卻無法親密在一起
島上海獅喁喁求偶聲
顯得心慌意亂

相對望風櫃岩洞
海浪湧進往洞口上衝
吼聲驅風追雲
捲起飛沫噴向天際

我偎著石壁傾聽迴音
生怕走錯一步
會造成不能回頭的遺憾
妳不肯的吼聲
使我沮喪到步伐踉蹌

我的新世紀詩選

KUEI-SHIEN SAID...

　　遊覽洛斯‧米洛斯（Los Millos）的私家不墾（Puquén）生態保護園區，滿山遍野的仙人掌，非常高大，但花蕾很細小，不成比例。路易帶大家去看一個風櫃岩洞，海水沖進岩下，往上噴起，大聲呼嘯，相當淒厲。

紅
每

仰光印象

在仰光
兇暴的陽光
高舉昂揚九重葛
上九重天
蔭下還是一片黑暗

金光佛塔到處輝煌
延續陶醉歷史中
讓信徒赤足趺坐地面
或喃喃自語
或馳騁手機超越時空
解放自己

囚禁的鳥
為了嚮往自由
平等自在的本質
從最暗的角落
仰望天光

　　前往翁山蘇姬被軟禁在家的湖畔豪宅，從外部觀察，佔地廣袤，庭院森森，林木扶疏，圍牆高聳，鐵門深鎖，有軍警把關。翁山蘇姬1945年出生於仰光，生日與我巧合，緬甸獨立英雄翁山將軍的女兒，二歲失怙，1964年到英國留學，念牛津大學聖休學院，結識英國人邁可，結成連理，1988年回緬甸照顧病母，適逢緬甸發生民主運動，目睹軍警殘殺人民，乃投身政治運動，組織全國民主聯盟，隨即被軍政府軟禁，直到1995年才釋放，但此後陸續多次被軟禁，長達20幾年。1991年獲諾貝爾和平獎，2009年獲國際特赦組織頒給良心大使獎，國際聲望日隆，2010年起，領導反對黨投入選戰，屢遭軍政府杯葛，甚至國會在憲法中規定，家人有外國籍者不得選總統。

吊在樹上的傀儡

失去舞台
失去中央掌控的
一隻手
集體零落吊在樹上
各有扮相
或耀武揚威
或含羞默默
一律蒼白無血色
剩下裝模作樣
任日曬
任風吹
四面玲瓏
毫無方向可循
讓遊客指指點點
隨意撥弄
竟然無人收買

KUEI-SHIEN SAID...

在一佛塔前廣場，有藝人在樹上懸吊各種傀儡戲偶，迎風擺盪，各自風騷，引起我的詩情〈吊在樹上的傀儡〉。

孟加拉

孟加拉悲歌

豪雨一陣緊似一陣
孟加拉的弟兄們
張大嘴巴一如合不攏的天空
你們無告的深陷眼神
凝視著不確定的黑影
漸漸逼近　一步又一步……

同樣不安的眼神
三年前凝望過
你們的異母兄弟
用戰車履帶耕耘你們的田園
成為只生產彈殼的廢鐵場
用鐵絲網任意阻絕你們的街道
讓麵包和水都不能流通
還用刺刀和自外人手中
卑躬屈膝討來的不流行的步槍
煽動對你們同胞流行的殺戮

這都不去說它啦
即使你們嘴巴失去語言的機能
記憶仍然留在腦中

有一天　你們突然衝出蛇居的洞穴
望見甘露滋潤了乾旱的土地
你們不世出的英雄人物
從巴基斯坦的囚籠中回到自己溫馨的土地

拉曼　拉曼　拉曼……
你們用單調的名字唱成多優美的旋律
　　　我們有拉曼
　　　就有麵包吃
　　　我們有拉曼
　　　就有水喝
　　　我們有拉曼
　　　土地會再長穀子
　　　我們有拉曼
　　　就有黃麻可織衣
　　　我們有拉曼
　　　就能平安過生活
　　　好讓子子孫孫傳說
　　　拉曼是我們的阿拉

你們有了自己的國旗
曾經為孟加拉這親切的母親
流血　流汗　賭命的子民

現在不禁淚眼汪汪
望著新鮮旗幟在空中招展

破壞之後是建設的開始
孟加拉的弟兄們
人人爭先用雙手翻新初春的田地
用泥土和芒草搭建一幢幢溫暖的茅屋
人人自告奮勇刷新重整殘破的官府
為穿上新制服的同胞子弟兵
興建營房和防禦工事
起先沒頭沒腦往鄰居躲藏
向恆河逃亡的家族
又跟著候鳥飛回舊家園

你們閒談的題材
除了祖先世代增添的歷險
如今漸漸互道親身的體驗
彼此慶幸和拉曼生在同一時空的座標
大家傳頌　英雄人物如何身入狼穴
如何結歡鄰居的偉女子
如何使澳洲鴕鳥轉世的布托
低聲下氣親送他返回母親的懷抱

英雄　不世出的英雄
孟加拉的弟兄們
用舞蹈迎候午夜太陽的君臨
多優美的旋律

可是第一季尚未收成
太陽開始出現黑點
成為不可逼視的噩夢
拉曼為自己籌組的黨派蒐羅金銀
把肥沃的土地強徵劃分給他的親信
任他挑選的士兵掠奪喜愛的物品
無瑕的珍玩　未成年的女子
自他們同一血緣同一母體懷孕生下的兄弟手中
用孟加拉弟兄們
排山倒海起義奪來的巴基斯坦刺刀
取鬧地割開孟加拉弟兄們餓癟的肚皮

把穀物成袋運往吉大港
把黃麻成綑運往吉大港
把棉花成包運往吉大港
把不聽話的少年成車運往不知所終的沼澤
他們呼著口號
拉曼是我們的阿拉

阿拉要求子民犧牲
子民怎能不奉獻

糧食落空了
你們辛勤耕作的田地長出了石頭
飲水枯竭了
你們挖鑿的泉源流出了腥血
蝗蟲滿天飛
棉花髓著蒲公英亂成一片飛絮

孟加拉的弟兄們
你們失眠的眼神
看出了這場僭越的序幕
真正的阿拉割開了天空
豪雨一陣緊似一陣
土地淹沒了十分之九
霍亂從吉大港登陸
宰殺了四百餘條生命
不確定的黑影一步一步往內陸踐踏

孟加拉的弟兄們
張大嘴巴一如合不攏的天空……

KUEI-SHIEN SAID...

　　孟加拉獨立後，天災人禍連連，穆吉布（當時台灣報紙都稱拉曼）
無法有效領導黨政，又無力控制軍隊，甚至有本身貪瀆傳聞，社會治安
更加不穩，在1975年8月15日軍方發動政變中，遭到殺害。動亂之際，
我一直關心、觀察孟加拉政局變化，1974年8月2日寫下〈孟加拉悲
歌〉，翌年獲第3屆吳濁流新詩獎。

獻花

1971年獨立戰爭
誕生了孟加拉
三百萬勇士的血流入大地
英雄魂輝耀著天空

獨立戰爭烈士紀念碑
永留歷史見證
我在1974年留下
〈孟加拉悲歌〉詩紀錄

親臨孟加拉第一個行程
向獨立戰士獻花致敬
因為獨立是詩人共同語言
詩人公民的第一課

尖形碑高聳與日月同光
百英畝曠野容納神魂優遊
我敞開的無限詩空間
是台灣獨立願望的釀槽

KUEI-SHIEN SAID...

　　參加高峰會的各國詩人於1月29日報到，翌日早上，先去離首都達卡西北方35公里處的薩瓦（Savar），參拜國家忠烈祠，亦即1971年獨立戰爭烈士紀念碑。紀念碑設計非常傑出，由七堵三角形尖牆層層組成，最外層最矮最寬，向內逐漸遞增高寬比，最內形成尖頂。七堵牆代表孟加拉近代史上七大章，即1952年語言運動、1954年聯合陣線選舉、1956年制憲運動、1962年教育運動、1966年六點運動、1969年群眾起義，最後是1971年最高潮的解放戰爭，終於使孟加拉成為獨立國家。紀念碑前有水池，讓紀念碑倒影與實體，相映成趣。我們抬著花籃在水池前獻花、留影紀念，在旁邊準備交接班的憲警，對我們鼓掌。我寫詩〈獻花〉誌其事。

校園候鳥

大學自然生態池
容納西伯利亞候鳥
結群而來
一批一批飛走
吸引大家來觀賞
留下的影子

在大學榕樹華蓋下
為愛護候鳥的學生
朗誦我的詩〈留鳥〉
在逐漸放空的池內
留下來靜靜
綻開一朵朵紅蓮花

KUEI-SHIEN SAID...

　　從校園生態池沿校內林蔭大道，散步走到研究中心前廣場，讓詩人坐在一棵盤根錯節的大榕樹下念詩。廣場置放許多塑膠椅子，許多學生，也有教職員，就座聆聽，阿米紐的夫人碧姬絲·曼素華（Bilkis Mansoor）也在座。女學生結伴穿著顏色鮮麗的服飾，頭繫紗巾，顯得青春活潑。也許尚留下稍早觀賞候鳥的餘緒，我刻意選念拙詩〈留鳥〉對應，然後再以詩〈校園候鳥〉誌之。

達卡

汽車交叉向前衝
迷你計程車從右邊插進來
人力三輪車從左邊插進來
送貨拉車從右邊插
腳踏車從左邊插
行人插進快車道
像一支卡榫
交通瞬間打結卡住了

行人安然穿越過去
腳踏車向右邊竄出去
送貨拉車向左邊竄出去
人力三輪車向右蛇行
迷你計程車向左蛇行
汽車繼續交叉前進
一秒鐘就解開卡榫
街道交通無事故

孟
加
拉

我的新世紀詩選

戲擬孟加拉虎

室內到處是蚊子
尋機吸血
有一隻趴在鏡面
自戀自照
啪！我奮力打死
一隻孟加拉虎

街道上擠滿車輛
爭搶有限空間
四輪三輪兩輪間
行人悠然穿過
叭叭！迎面衝闖過來
一群孟加拉虎

KUEI-SHIEN SAID...

在達卡旅館最惱人的不是冷氣問題，而是蚊子也躲進冷氣房來，無論室外室內，蚊子像二次大戰末期的B29轟炸機，讓人好不自在。所以，詩〈戲擬孟加拉虎〉就是這樣產生的。

孟加拉紀念碑

烈士紀念碑前
青年在歌唱和平
幼童在寫生比賽憧憬
導遊可汗訝異我圓帽上
228徽章的設計
哀傷的紀念意義在異國並行
孟加拉獨立壯舉中
屠夫殺戮穆斯林的犯行
經半世紀才判處死刑
遲來的正義
在孟加拉還是呈現實質正義
在我祖國台灣
正義還不知如何書寫
烈士紀念廣場
陽光燦爛
普照在亮麗大地
孟加拉人的笑臉上

　　我們去達卡烈士紀念碑，在市內，也是紀念1952年語言運動在2月
21日和22日示威遊行時，不幸遭警察射殺死難的達卡大學和達卡醫學
院學生，以及政治運動人士。建碑歷經挫折，到1971年孟加拉獨立後才
落成。我們到達時，廣場上正舉辦小學生現場繪畫競賽，不但有老師指
導，也有許多家長在場陪伴。適市政府教育局官員前來視察，鼓舞學生，
對我表示感謝台灣詩人關心。我為此寫詩〈孟加拉紀念碑〉表示悼念。

我的新世紀詩選

馬真頓

獻予奈姆‧弗拉謝里

由太平洋台灣島嶼遠途
來到巴爾幹半島古國馬其頓
我分享你的榮耀
在你銅像前獻花致敬
瞻仰你詩人的文雅姿勢
你單獨反抗過一個帝國
你親手創建一個文明
你雙腳行出一條詩路
在秋天舒爽的泰托沃
我幾若遍來到你身軀邊
享受你不朽之身
反射一絲也溫暖日頭光
你目珠看遠遠
無計較腳底土跂大小
底座親像一座文學高山
你企在山嶺頂

　　十幾位少男少女穿著阿爾巴尼亞傳統服裝，少男紅白兩色，少女紅白黑三色，特別鮮明，手持火炬，在銅像前兩側站立。大會主席塞普‧艾默拉甫引導泰托沃市長窕塔‧雅莉菲（Teuta Arifi）女士和我，站到銅像前，由市長、我和主席，依序向阿爾巴尼亞民族詩人奈姆‧弗拉謝里銅像獻花致敬。此銅像是在2000年詩人逝世百年紀念日，由詩歌節大會鑄造矗立。我也以詩〈獻予奈姆‧弗拉謝里〉致敬。

秋霧

由馬其頓往科索沃

彎彎曲曲的薩爾山路

濛霧逮車行

親像阿爾巴尼亞人奮鬥史

彎彎斡斡前進

我迭迭拭車窗

想欲看清楚霧中的真實

快速闖過的秋天楓樹

染成血跡的歷史拼圖

一徂（choa）日頭光射入

顯示藏在深林中的金黃

我感受到輝煌的詩

向我一直揖（iat）手

溜入去阿爾巴尼亞的心靈

KUEI-SHIEN SAID...

在薩爾山區（Sharr）陽光山岡（Kodra e Diellit）旅遊中心景點史卡度斯（Scardus）旅館會議室，舉行學術討論會。此地離泰托沃才18公里，海拔1,780公尺，為冬季滑雪勝地。此時已深秋，蜿蜒山路濕霧迷濛，入夜已接近零度，相當寒冷。

獨立鐘聲

三十年前在美國費城
看到劈裂的銅鐘
期待會當復再聽到
響亮的自由鐘聲
傳遍地球任何角頭
三十年後在科索沃
普里什蒂納大學
在獨立思想殿堂的圖書館
面對國際上已經具備
獨立人格的科索沃聽眾
看到苦難深刻的
面相皺紋皮質內含
獨立生活的自由自得自滿
我朗讀舊作〈費城獨立鐘〉
一面且（na）想
你的獨立到當時
才會在太平洋島上出現

KUEI-SHIEN SAID...

　　晚間在普里什蒂納大學圖書館，舉行詩歌節閉幕式，這是大會主席塞普的母校，會場布置成圓形，四個對稱弧面，詩人集中在正面，其餘三面為聽衆席。由主席講幾句感謝詩人踴躍參加的話，然後每位詩人輪流念詩與聽衆分享。我念舊作〈費城獨立鐘〉，由此再引發出新作〈獨立鐘聲〉的詩意。

祝魯

聖馬爾科斯大學

幽幽校園迴廊
巴列霍的側臉雕塑
在牆壁上對著我
閃亮微光
百年前因失戀失意
黯然離別而去的傷心地
正繼續發出電磁激光
祕魯誕生
一位窮苦的巴列霍
硬骨的詩人
卻創造一個國家的輝煌
在台灣學府校園
看不到迴廊上
有台灣詩人的雕塑
在閃亮微光

KUEI-SHIEN SAID...

　　午餐後，在校園轉一轉，看到巴列霍側影雕塑掛在迴廊牆壁上，尚有一尊2010年諾貝爾文學獎得主祕魯小說家馬里奧‧巴爾加斯‧尤薩（Mario Vargas Llosa）的頭像雕塑，矗立在另一牆腳，不禁有感，後來成詩一首〈聖馬爾科斯大學〉。

柳葉黑野櫻

孤單的柳葉黑野櫻

獨立站在庭院裡

柳葉的形象

黑野櫻的品質

等待共同呼吸過

安地斯山自然空氣的巴列霍

一去歐羅巴不再回的巴列霍

留在文學史中的巴列霍

台灣詩人在柳葉蔭下

旁偎挺拔黑野櫻

呼喊：台灣福爾摩莎！

孤單的柳葉黑野櫻

遍布安地斯山

Capulí, Capulí, Capulí……

巴列霍、巴列霍、巴列霍……

KUEI-SHIEN SAID...

　　進入巴列霍紀念館，即可看到約十面看板，按照紀年臚列巴列霍大事年表，配重要照片、書影，可一目瞭然其生平事蹟，再進入中庭，亭亭玉立的那棵象徵性黑野櫻，陪伴過巴列霍童年成長。實際上，進去一段距離，另外還有一棵，這種黑野櫻也是安地斯山區的原生種，山區裡遍處都可見到。大會已經布置好，讓詩人圍坐在黑野櫻旁念詩，先分別由小學生、中學生到大學生程度的幾位年輕朋友表演，奇怪的是祕魯竟然也時興這種類似台灣演詩的行動，我在各國行走中從未見過，接著由詩人朗讀時，就沒有類似的不自然動作。大會主席達尼洛這時出怪招，逐一點唱出席詩人的國名，由該國詩人出場在黑野櫻旁大喊一聲招呼。台灣詩人私下套好，出場排成一列，用台語振臂同聲高呼：「台灣！福爾摩莎！」占到人多氣盛之利，留下詩〈柳葉黑野櫻〉紀錄。

安地斯山區

在安地斯山區
我看到童年原鄉
遍地牧草與野花
泥漿攪拌草枝
砌造房子牆壁
塗上牛屎巴
或者再外塗石灰
加蓋茅草屋頂
就此安身立命
夜裡山區氣溫冰冷
入睡時穿兩雙襪子
蓋三條毛毯
心依然暖和
不需添加火爐
巴列霍就是我的火爐

KUEI-SHIEN SAID...

　　夜宿便利旅館，設備簡陋、燈暗，幸虧還有熱水洗澡，供水也穩定，可是無暖氣或火爐，又因高山氣候不適應，睡不安穩，以詩〈安地斯山區〉記事，聊做實錄。

安地斯山日出

一條金色蟒蛇

沿安地斯山脈稜線

蜿蜒匍匐吐信

山區靜到連雞鳴

都像鐘聲

通報金童巴列霍誕生

135年前無人預知盛事

如今吸引眾國詩人

前來朝拜聖地

寒夜霜冷時間很長

人生苦短

文學光芒則每天

從安地斯山發射訊息

不管有人接收

或是無人領略

　　翌晨6時許，台灣詩人相約散步瀏覽街景，走到靠山坡的開闊地觀賞日出之美。安地斯山脈逶邐東方，連綿不絕到天邊，劃成一條界限，形同自然屏障，與東方隔絕。少頃，東方開始出現金光，沿著波動起伏的稜線，赫然像是一條金色大蟒蛇在蠕動。金蛇隱喻直覺和智慧，象徵地靈人傑，應驗在誕生巴列霍這位不世出的文學巨匠。不旋踵，蟒蛇金像熔爐火焰向天頂徐徐浸染，這時公雞晨啼特別清脆，築路工人也開始出動，山城逐漸醒來，我的詩興也胎動了，自然完成〈安地斯山日出〉。

黑使者

原作：巴列霍
漢譯：李魁賢

生命中的爆破太強烈了──我無法回應！
爆破彷彿來自上帝的憎恨；彷彿之前，
萬物可以苟存渡過的深水卻被
攔在心靈裡……我無法回應！

不多；但確實存在……他們開啟黑暗峽谷
以最兇暴的臉，以最像公牛的背。
或許他們是異教徒阿提拉的馬匹
或是由死神送來給我們的黑使者。

他們是心靈的基督所為向後滑動
脫離被事件所嘲弄的某些神聖忠誠。
這些血腥的爆破霹靂拍拉響。
由烤箱門口燃燒的一些麵包。

而人……窮人！……窮人！他閉上眼睛
好像在我們後面的人拍手招呼我們；
閉上他狂熱的眼睛，而活生生的萬物
受到支援。就像罪惡的淵藪，在一瞥之間。

生命中的爆破太強烈了……我無法回應！

KUEI-SHIEN SAID...

　　前往郊外的巴列霍紀念墓園憑弔，因為巴列霍於1938年在巴黎逝世時，先是埋在紅山公墓，到1970年由遺孀改葬在名人匯聚的蒙帕納斯公墓，巴列霍遺體並未回到故土，所以在聖地亞哥德丘科故鄉的巴列霍墓地只是紀念性質。我在巴列霍墓地朗讀拙譯〈黑使者〉。

招喚黑使者

巴列霍呀，巴列霍！
我在聖地亞哥德丘科
你故鄉的象徵墓地
周圍各色花卉人種
迎風無言見證下
朗讀你的詩〈黑使者〉
感動你為窮人招喚黑使者
有祕魯詩人為此哽咽
巴列霍呀，巴列霍！
我在為我的祖國台灣
招喚破空而至的黑使者
能夠破除困境迷障
在國際間以自己名目
立天地之間而無憾
巴列霍呀，巴列霍！

我的新世紀詩選

祕魯電台記者要求我再念詩讓他們拍照，我再念巴列霍〈蜘蛛〉。一位祕魯詩人即席發言謂，台灣詩人遠道來念詩憑弔巴列霍，讓他感動，語帶哽咽。我把自己的心情化入新作〈招喚黑使者〉。

突尼西亞

突尼西亞，我的茉莉花呀

茉莉花束夾在我耳上，以清香
向我耳語突尼西亞，柏柏人熱情的原鄉
我無緣親見原始簡樸的岩洞穴居
沿地中海邊綠洲帶，熱夏的涼爽風聲
聲聲迴響腓尼基人建立迦太基的熱情
城堡抵禦不住羅馬人雄壯跨海而來的英武
即使漢尼拔名將最終只有在流亡中嘆息
兩軍彼此以砲火對話，以旗幟招搖
以鮮血互相塗染成顏色一致的屍體
迦太基留下馬賽克永恆的拼貼藝術
羅馬帝國遺址是斷柱殘壁廢墟

茉莉花束夾在我耳邊唏噓
千年歷史種族糾葛萬語也難盡吧
阿拉伯人接踵渡海帶來可蘭經
以深透內心的信仰滋潤沙漠的荒蕪
歷代王朝恩怨起伏有時是宮廷血腥劇
帝國嬗遞更是翻天覆地洗牌
綿延漫長中有淘汰的苦難、有創造的喜悅
人民有時流離失所、有時大量移入定住
動亂成為民族攪拌器，混合出共同的基因

近代引來法蘭西伸手插花又接枝
沙漠之狐也強行侵入捲起滿天沙塵暴
就這樣引導突尼西亞進入20世紀

突尼西亞，我的茉莉花呀
正當台灣陷在白色恐怖歷史羅網中
擺脫殖民地的呼聲發自突尼西亞人民內心
國土台地陣容整齊浩大的橄欖樹以翠綠武裝
捍衛現代突尼西亞天空的獨立與自由
忠貞於季節的鸛鳥沿高速公路
獨立在高壓輸電線高桿頂築巢放哨
獨立，啊！美麗的辭彙喚醒自主的欲求
如今藍白二色建築風景呈現生活的獨立色彩
與地中海輝煌藍天白雲的自由意志相映

茉莉花以玉蘭花的清香吸引我
不辭千里萬里來探訪人類非洲故里
跋涉地理回溯歷史變動風潮
在迦太基故址重建的羅馬古城廢墟
登上巴拉特女神殿振臂高呼
「同胞們，我全心奉獻給突尼西亞！」
地中海沉默給自己聽，蔚藍給自己看
不管海上波浪洶湧或在安靜睡眠
茉莉花束夾在我耳上，受地中海微風撫慰

在我耳邊迴響：啊！突尼西亞
是呀！獨立，是呀！獨立，是呀！
以清香留住永恆美麗的記憶
遠隔重洋傳播回到我的台灣祖國

KUEI-SHIEN SAID...

出席突尼西亞西迪布塞詩歌節，獲益良多，把全副精神經營一首長
詩〈突尼西亞，我的茉莉花呀〉，已經多年沒有此雄心。

趄南

越戰悲歌

1. 峴港即景

第一個落海
是被擠下的大孩子
母親還緊拉著
另外三個小的
悶在難民船甲板上的人叢裡

第二個落海
是被擲下的嬰孩
醫師宣告無藥可救後
隨著超載的行李一起祭海
哭昏的母親無人理睬

第三個落海
是失手墜下的小孩
被族人掙扎拉上船的母親
反身跳入絕望的海
一聲不響

紛紛落海的是
被趕到岸邊的兵士掃射
驚惶失措的壯丁

2. 婦女一

一手抱著嬰兒授乳
一手拉著盲目的丈夫
走向分不清東南西北的路途

一列車隊揚起的灰塵
一行噴射機劃過的捲雲
代替平時一股股的炊煙

一片乾癟的土地
猶捨不得盲目的天空
最最累贅的天空

3. 婦女二

倒下去的時候
身體彎曲成C形
苦心建造一個外子宮
懷裡猶緊抱著授乳的嬰兒
好讓他重享出生前的安寧

4. 叮嚀

我還要跟著軍隊走
還有需要我們保護的土地
我不能帶著你們
不是我狠心不管

讓我偶然發現你們兄弟四個
在逃難的路上
已是老天眷顧的安排
自從荷槍出門起
何嘗敢夢想再見

只是料不到這個情況
也沒想到母親會和你們走散
如今你們要緊緊拉在一起
不要再分離
老大　你已經十歲
就由你來當班長
好好帶著你的弟弟

我立刻要去追上部隊
不能詳細告訴你們怎麼走

反正你們也沒有鞋子
踏著土地最實在

還有　遇到有水的地方
先洗一把臉吧
眼淚不要再白流
留著回來灌溉田園噢

KUEI-SHIEN SAID...

　　1975年美軍終歸敗戰，撤離南越，頓時發生難民潮，難民無處
逃，有些搶登軍艦，想跟隨美軍撤退到美國的難民，反而落海溺斃。拙
詩〈越南悲歌〉組詩四首就是在1975年4月4日所寫。

　　2018年聖誕節因日本詩人森井香衣推薦，接到越南作家協會外務
委員會常務理事陶金花（Dao Kim Hoa）邀請函，出席第3屆越南河內
國際詩歌節、第4屆越南文學推廣國際會議，以及第17屆越南詩歌節，
三合一的盛會，為期五天，從2019年2月16日至20日。我立即欣然接
受，另爭取幾位名額，獲得同意，邀請到利玉芳、蔡榮勇、陳秀珍和簡
瑞玲同行。

　　意外的是，個人在2月7日因身體不適，過二日住院檢查，到2月19
日才出院，以致失去參加越南河內國際詩歌節的機會。由於個人未能
出席，僅就代身出征的詩文留此存證，有待來日可能進一步完成未竟
的願望。

我的新世紀詩選

希臘

雅典之冬

示威口號
是沒有答案的遊龍
黃昏的雅典
一點雨水的氣息也沒有

愛琴海的季節已過
只剩下雅典
曲曲折折的街道
流傳曲曲折折的思潮

右邊的隊伍喊著：
自由　民主！
左邊的行列呼應：
勞動　平等！

交會處的戰爭紀念館前
大理石雕像坐在草地上
白色晶瑩的肌膚
透顯絲絲碳化的脈管

萬神殿廢墟的風化石柱
禁不起咳嗽的示威
啊啊　逐漸包圍過來的
竟然東西客都有

KUEI-SHIEN SAID...

　　平生去過希臘兩次，第一次是1979年擔任台灣省發明人協會常務
理事，帶團參加紐倫堡國際發明展，當時台灣出國管制嚴格，一般人申
請出國不易，所以趁便在11月4日展覽結束後，安排參展發明人旅遊，
行程經維也納、薩爾茲堡、茵斯布魯克、瓦都茲、魯塞恩、日內瓦、巴
黎、倫敦、雅典、新加坡等地。到雅典，上衛城，觀賞神殿廢墟，形同
朝聖，是旅行社必要的安排。但我意外在街上目睹希臘人民抗議政府的
行動，人數雖只有數十人，排隊在快車道旁行進，兩側有警察維護，規
模不大，但沿路振臂呼喊口號的激情，相對於台灣40年前在獨裁封閉下
死水一灘的社會，相當震撼。後來我用詩〈雅典之冬〉留作紀錄。

希臘橄欖樹

希臘橄欖園
繁枝不用修剪
好像長滿相思樹
原來醃漬的橄欖
酸酸澀澀
類似愛情相思
對台灣相思
竟然同樣味道
酸酸澀澀
懷念台灣相思樹

KUEI-SHIEN SAID...

　　雅典機場到艾維亞島車程約兩小時，郊區田野放眼望去，都是橄欖園，橄欖樹看來似乎都比以往在西班牙、土耳其、突尼西亞所見高大，不加修剪，猛然一見，有幾分像台灣相思樹。過了兩天，天天早餐品味醃漬橄欖後，希臘風情的第一首詩〈希臘橄欖樹〉，竟然起興於此。

艾維亞島的天空

陰陰沉著臉
相思卻沉不住
氣雨下
不斷
愛該斷
不斷
又怨又恨
情不晴
就這樣相思連雨
希希拉拉
這真是
希臘

KUEI-SHIEN SAID...

　　連續兩天活動，一直陰霾，偶爾拋些雨毛，不禁對〈艾維亞島的天空〉有些感慨，隨身札記。

希臘古劇場

在埃雷特里亞
任憑雨愛下不下
任憑風愛吹不吹
任憑陽光愛照不照
6300個席位
滿座是雜草無聲
發不出激昂呼叫
只有場外遍地
紅黃紫白各色化身繁花
用燦爛呼應
古代繁華的激情
那是古代消失的語言
無人聽懂

KUEI-SHIEN SAID...

　　前往島上的埃雷特里亞古城參觀，先拜會女市長安費特里悌‧阿琳帕特（Amfitriti Alimpate），馬麗雅逐一介紹詩人與市長招呼。埃雷特里亞面向艾維亞海峽中的阿提卡（Attika）海灣，在西元前5、6世紀是重要希臘城邦，到西元前490年落入波斯人手中，然後被羅馬人統治約700年，於1890年代被發掘，並於1964年由希臘考古服務團及瑞士駐希臘考古學院管理，是具有豐富19世紀遺跡的現代城市。埃雷特里亞最早在荷馬史詩《伊利亞特》中已有記載，由此地派船出發參與特洛伊戰爭。埃雷特里亞街上整齊的柳樹，大都超過一人環抱，可見樹齡大致有數百年吧。在此先參觀博物館，收藏從勒夫坎迪（Lefkandi）和雅瑪里索斯（Amarythos）附近出土的重要古物，連金飾都已打造到很細薄，以後在希臘各地博物館所見莫不如此，可見技術普遍很進步。

　　轉往旁邊的古代劇場，類似雅典戴奧尼索斯（Dionysos）劇場，呈半圓形，十幾層，以巨石為座位，層層往上推，共有6,300個座位，雖然大都傾坍，足見當年希臘文風之盛。奇特的是有地窖通道，從後台直通表演場地中心，所以演員可以在現場從地下冒出來。試以詩〈希臘古劇場〉記錄。

希臘檸檬黃

在艾維亞島
庭院屋角常見檸檬黃
晶瑩獨霸一方
到處沉默翠綠包圍下
不服氣的野菊黃
不是在呼應吶喊
偶有罌粟紅搶眼
插小花旗招搖
黃就是黃
不理會
有時還裝蒜
依然是黃
保持亮麗的
春景

KUEI-SHIEN SAID...

　　回到哈爾基斯住宿的派拉戈斯旅館已是晚上8點半，約9點晚餐，我只好放棄，台語說「睏較有眠」啦。趁機把艾維亞島每天進進出出看到的晶瑩黃色亮點印象，連結成詩〈希臘檸檬黃〉。

雅典的神殿

多利斯巨柱支撐著
一片神話的天空
神話卻像浮雲一般飄逝
留下巨柱
支撐著歷史的廢墟

沒有趕上歷史的饗宴
現代遊客
紛紛擠進巨柱下的廢墟
把自己裝模作樣的姿勢
拍進歷史的鏡頭裡

每個人都用不同的角度
詮釋神殿的遺址
在唯一不變的世俗天空下
神早已失去了立身的場所
躲進歷史的角落

　　最後轉往衛城北側參觀厄瑞克忒翁神殿（Erechtheum），建於421-405B.C.，祭祀希臘英雄厄里克托尼俄斯（Ericthonius），傳說是女神雅典娜撫養長大，另有一說是敬奉古代希臘國王厄里克透斯（Erictheus），雅典統治者，埋在附近，希臘書上此二人常被混淆。仰望古希臘建築中罕見的六尊女像柱廊，頭頂橫梁重負的女像，姿態依然優雅飄逸。此神殿與舊雅典娜神殿建在一起，舊雅典娜神殿據說是厄里克托尼俄斯在510-500B.C.所建，於480B.C.被波斯人所毀。這些神殿同樣在整建中，只能遠眺，因為還是一片廢墟。

　　最後，也只能以詩〈雅典的神殿〉結束希臘的行程，何時再來已屬未定之天意。

希臘衛城博物館

三十多年來
二度進入雅典衛城
轉進衛城博物館
衛城殘缺歷史影像
博物館重構虛擬全體
真實神殿巨柱
見證過輝煌原貌
繼續臨風臨雨
面臨遊客一再驚豔洗禮
殘缺遺存的零落實體
在空調投射光照耀下
靜靜呈現歷史顯赫
三十多年人間歲月
終究匆匆一瞥

KUEI-SHIEN SAID...

　　雖然垂垂老矣，能重履希臘，確實是天意也說不定，但兩度登上衛城，對2009年才開館的衛城博物館，尚無緣造訪，此行正好補足。在進入博物館時，覺得異樣的是參觀者可越過古蹟遺址上方進出，原來博物館是蓋在部分挖掘中的位置，從透空部位和透明步道可以俯瞰地下考古人員在作業。衛城有些雕像和古物，早就被掠奪到倫敦大英博物館和巴黎羅浮宮，所以有些殘缺，除歷史災變和氣候造成損壞外，還有近代強權的搶劫。後來逐漸修復，是以現代複製品去貼補，反而衛城博物館所收藏，是希臘人自己要保存的真品，在零落的擺設上，加以填補空缺，構成想像的完整性。希臘古代藝術的輝煌，在此只有「驚歎」二字。由衛城博物館眺望山岡上的衛城，彷彿二者融合成一體啦。此行同樣就以詩〈希臘衛城博物館〉結尾。

羅馬尼亞

詩與歷史

女詩人安潔拉讀〈奉獻〉
說她知道228屠殺事件
那些英靈在詩裡復活了
畢竟詩已勝過歷史
真情贏過虛偽
凸顯掩埋過的真相
我倒是擔心
詩終究也會被虛假的歷史淹沒
她說不用怕
讀〈我的台灣　我的希望〉
你有希望
詩就有希望

KUEI-SHIEN SAID...

　　羅馬尼亞女詩人安潔拉‧富爾多娜（Angela Furtună），1957年生，羅馬尼亞作家聯盟會員、羅馬尼亞筆會會員、文化推動者、文化計畫主持人，得過許多獎項，2014獲市政府奉贈「雅西詩人」雅號。她贈送我詩集《最後瞭望台》（le dernier mirador, 2018）精裝本，包含40首詩，只編號，都沒詩題。我視她為介入詩人，其詩政治批判性強烈，會後，6月1日羅馬尼亞大選中，她在臉書上對某些候選人和選舉現象大肆抨擊，可印證我的觀察。我在羅馬尼亞開筆寫〈詩與歷史〉，與她對話。

詩人不孤單

另一位女詩人安潔拉
在雅西國際書展會場
聽我朗誦〈樹不會孤單〉
半夜打電話向她丈夫轉述
　天空知道
　孤獨的樹
　不孤單
詩人正如大大小小的樹木
用詩葉向天空亮票
綴連成一片心靈的翠綠
詩人的本質是孤獨
但存在於人間
顯然
不孤單

KUEI-SHIEN SAID...

　　羅馬尼亞女詩人安潔拉・巴丘（Angela Baciu），1970年生，從1997年到2017年的20年當中，竟然出版18本詩集，產量驚人，幾乎年年得獎，2015年詩人華西列・霍堀列斯古（Vasile Voiculescu）創作出版獎、2016年詩人布拉嘉（Lucian Blaga）國際文藝節大獎、羅馬尼亞／土耳其第10屆巴爾幹半島詩歌節羅馬尼亞詩獎、2017年以《聖凱瑟琳街34號夏莉》（Charli. Rue Sainte-Catherine 34）英羅雙語詩獲得翻譯家黎迪雅・魏亞女（Lidia Vianu）譯詩大賽首獎、2018年獲羅馬尼亞作家聯盟雅西分會頒「作家產量暨活動獎」、2019年加拉茨（Gălățene）文化晚會傑作獎。詩集《聖凱瑟琳街34號夏莉》40首詩，描寫比利時布魯塞爾最熱鬧的這一條麵包專賣街，下午2至6點鐘的街景，每首詩以幾點幾分為標題，非常特出。我每次在學校念詩，她坐在旁邊總是不時點頭，我也留詩〈詩人不孤單〉與她對話。

柯博公園念詩

柯博公園有詩的韻味

百多年前埃米內斯庫在

菩提樹下寫詩

國際詩人如今

聚在他面前

讀詩像樹枝交錯

參天的樹幹從來不因

政權變換而彎曲過

樹葉想遮天

從葉隙間

總有詩

把人間福音

隨光滴落下來

KUEI-SHIEN SAID...

　　近年，屢次接到羅馬尼亞相關詩歌節活動邀請，先是2017年1月在比斯特里察（Bistriţa）的詩歌節，由該市文化中心主任兼世界民俗聯盟會長都雷·柯斯馬（Dorel Cosma）教授主辦，包含詩、民俗、音樂、舞蹈項目，以紀念羅馬尼亞民族詩人米哈伊·埃米內斯庫（Mihai Eminescu, 1850-1889）。接著是2018年9月在克拉約瓦（Craiova）第6屆米哈伊·埃米內庫世界詩歌節，然後是2019年7月在阿爾杰什河畔庫爾泰亞（Curtea de Argeş）國際詩歌節。

　　2019年5月第9屆羅馬尼亞雅西國際詩歌節的開幕式講台就搭在公園樹蔭下空地，正面對著埃米內斯庫胸像，等於拜請他坐鎮的態勢。空地布置大約二百張折疊椅，除前面坐滿出席詩人，後面陸續有來賓或遊園客人隨興就坐參與，當然也有站著圍觀的民眾，這種公開方式，套用流行用語—很接地氣。樹葉蔽空，甚為涼爽，葉隙間有光線透入，彷彿有祕密的詩情在林間竄動。開幕式由主席克利斯愓主持，只簡單介紹一下雅西詩歌節，就由安排在台上的六位國內外詩人念詩，有音樂伴奏，讀詩會結束後，有音樂演奏，融合詩歌節的整體氛圍。〈柯博公園念詩〉於焉誕生。

詩公園

和二位安潔拉女詩人

到柯博公園

我探問名稱由來

是地景或是紀念性質

她們不知道

我提議改名安潔拉公園

她們想知道是哪位安潔拉

我說那就叫雙安潔拉公園吧

她們回答：不！

應該稱為李安潔拉

如今在雅西

已經有一座李公園

在二位安潔拉心靈裡

羅馬尼亞

KUEI-SHIEN SAID...

　　進入會場時，法國詩人德拉賦禮讓我先行，進場後，依序從右方落座，念詩時，組頭羅馬尼亞詩人多利安自右點名開始，無形中成為慣例，大會期間，我在第5組搶到不當風頭。安潔拉‧富爾多娜在每一場次中，會與校方「打合」、忙於拍照、協助翻譯，十足表現活動家的自然本色。參加學生都很專心聽詩，也有學生會自告奮勇，讀自己詩作分享。結束走出校門，就是柯博公園，我探問安潔拉‧富爾多娜，此公園名稱意思，她說不清楚，我戲擬更名安潔拉公園，安潔拉‧巴丘在旁聽到，加進來「答嘴鼓」，我試寫戲擬詩〈詩公園〉，自然也把她拉進來，第一天我就與同組都混熟了。

鐘聲

我在雅西國際書展
念完〈雪的聲音〉
錄音的金髮女郎
來找我合照
她說我的聲音像鐘聲
然而教堂鐘樓附近
鴿群起落如常
不受到鐘聲干擾
原來我的鐘聲是報時鐘
時時提醒自己
時間一點一滴流逝
不論寒暑晴雨
無關心情愉快或鬱悶
我的讀詩聲音只在空中傳播
引不起人間騷動

KUEI-SHIEN SAID...

現場播音兼錄音的金髮女郎，見我念完下台，立刻找我，用流利的英語說，我念詩像鐘聲一樣，讓她印象深刻，要求與我合照，我以詩〈鐘聲〉回應。

雅西紀念碑

肅立在1989年雅西革命紀念碑前

大理石巨大十字架上方

青空無限　白雲悠悠

車輛遠遠停止

禮讓行人輕鬆跨越街道

不必紅綠燈規範

旁邊林蔭下工人在植被草坪

我仰望十字架頂部

陽光閃耀晶瑩

彷彿在台北二二八公園內

肅立在紀念碑前的心情

同樣流血流汗奉獻給

羅馬尼亞人民和土地的神魂

我滿懷敬仰靜立

白雲悠悠　青空無限

我的新世紀詩選

文化宮前面靠近卡羅爾一世林蔭大道邊，矗立一尊匈牙利作曲家巴爾托克（Bela Bartok 1881-1945）的全身雕塑，因為他在1915年譜有《羅馬尼亞民俗舞曲》，由6首鋼琴小品構成的組曲。旁邊是一座大理石十字紀念碑，紀念1989年12月21日推翻共黨獨裁者西奧塞古的羅馬尼亞革命中，死難的幾十位雅西市民，名字都刻在碑上。詩歌節活動中，每天從旁經過，到結束當天，我們特地到紀念碑前，肅立行禮致敬，以詩〈雅西紀念碑〉致悼。

與埃米內斯庫同在

在雅西柯博公園裡
我與你合照
滿地是鬱金香
一區一區不同顏色
擎起詩的旗幟
向天空吶喊
背面有菩提樹屏障
在羅馬尼亞雅典娜神殿
前面廣場上
我站在你身邊
喬治歌劇的預演
在空中飄揚
我忽然間想起
台灣。台灣呢？
好像失落什麼？
台灣詩人
歷史上的身影
在哪裡？

我的新世紀詩選

在布加勒斯特市中心的著名音樂廳，正巧聆賞到喬治・安奈斯可（George Enescu, 1881-1955）的歌劇彩排。在殿內與安奈斯可雕像合照，到了殿外廣場，又遇到埃米內斯庫立身雕像，在太陽下閃閃發光，令我感受到處處〈與埃米內斯庫同在〉詩作的實況。

廣場鞭炮聲

1989年布加勒斯特
革命廣場鞭炮聲
引來辣辣槍聲
槍聲引來
人民忍耐不住的吼聲
吼聲引來
被壓制過久的歷史爆發聲
歷史爆發聲引來
期待民主時代的歡呼聲
歡呼聲引來
男女老幼清脆的笑聲
笑聲引來
國際詩人朗朗的讀詩聲
2019年處處可聞

KUEI-SHIEN SAID...

沿勝利大道（Calea Victoriei）步行觀光，經舊王宮，於1947年改為共和國宮，開闢羅馬尼亞國家藝術館，這時正在舉辦羅馬尼亞與法國文化交流特展，外面沿街每張名人介紹看板，揭示許多人是在巴黎告終，透示法國文化在羅馬尼亞文化建構上扮演重要角色。對面就是革命廣場，曾經是共產黨總部，1989年12月21日，共產黨總書記兼總統西奧塞古（Nicolae Ceauşescu）在此號稱10萬群衆大會上演講，後排有人放鞭炮，引起維安警察過敏開槍，造成動亂。翌日西奧塞古從屋頂搭直升機逃亡，在羅馬尼亞南部一小村莊被逮捕，25日，被特別軍事法庭判西奧塞斯古屠殺罪，隨即在該地兵營廁所前空地上槍決，如今在廣場前方矗立有尖型1989年革命紀念碑。記得2002年遊羅馬尼亞時就住在此附近旅館，清晨散步到此憑弔一番。我在〈廣場鞭炮聲〉裡寫下此詩。

憑弔尼古拉

遠從台灣

飛到羅馬尼亞

憑弔你墓地

仰望大理石碑

金字塔型尖頂

陽光閃耀

好像你在天國微笑

我也看到羅馬尼亞30年來

真正解放後

人民臉上陽光的笑容

台灣陰沉沉的天空

卻從我陰沉沉的心底

浮上來

> ### KUEI-SHIEN SAID...
>
> 　　20日上午，羅馬尼亞女詩人波佩斯古（Elena Liliana Popescu）來飯店帶我們去布加勒斯特公墓，憑弔其夫婿尼古拉。尼古拉雖不寫詩，常陪波佩斯古出席國際詩歌節，我也幫波佩斯古漢譯悼夫詩集《歐洲三首詩》的作品。這公墓是特別規畫，尼古拉的墓在學人區，全部是學術界名人往生社區。尼古拉墓石和墓碑都是純白大理石，墓碑金字塔型尖頂表現他的學術成就，墓石上已預刻艾蓮娜‧波佩斯古名字，準備往生後仍合在一起。我幫尼古拉擦拭墓石和墓碑，波佩斯古潑一杯水在墓石上，大概是祭祀的意思，她未來媳婦在墓前花瓶內，插上幾朵小花，我不自禁在墓碑前跪下，俯首祝尼古拉安息，而後成詩〈憑弔尼古拉〉。

我的台灣　我的希望

從早晨的鳥鳴聽到你的聲音
從中午的陽光感到你的熱情
從黃昏的彩霞看到你的丰采
台灣　我的家鄉　我的愛

海岸有你的曲折
波浪有你的澎湃
雲朵有你的飄逸
花卉有你的姿影
樹葉有你的常青
林木有你的魁梧
根基有你的磐固
山脈有你的聳立
溪流有你的蜿蜒
岩石有你的磊落
道路有你的崎嶇
台灣　我的土地　我的夢

你的心肺有我的呼吸
你的歷史有我的生命

你的存在有我的意識

台灣　我的國家　我的希望

KUEI-SHIEN SAID...

　　文化協會請到布加勒斯特大學詩人梅希亞·丹·都塔（**Mircea Dan Duta**）博士主持，他口齒清晰、能言善道、英語流利，雙語並用，不必假借翻譯。波佩斯古和我坐在台前，二位講評員是黎絲婷和羅馬尼亞文化協會專家安卡·愛琳納·約內斯庫（**Anca Irina Ionescu**），同時在我左右幫我口譯。在她們評論介紹後，我和波佩斯古各念四首原作和彼此對譯的詩。我特別選讀波佩斯古詩集《季節》裡的詩是〈季節〉、〈請問，我是誰？〉、〈我就是〉和〈愛中之愛〉，說明是要呈現波佩斯古在詩中探尋「我是誰」的哲學思考。至於拙作，我選讀〈雪的聲音〉、〈我的台灣　我的希望〉、〈螢的心聲〉和〈樹不孤單〉四首，主要目的還是在對羅馬尼亞朋友宣示〈我的台灣　我的希望〉，這也是幾年來參加國際詩歌節的主打詩。

我的新世紀詩選

閱讀大詩44　PG2344

 我的新世紀詩選

作　　者	李魁賢
責任編輯	徐佑驊
圖文排版	林宛榆
封面設計	蔡瑋筠

出版策劃	釀出版
製作發行	秀威資訊科技股份有限公司
	114 台北市內湖區瑞光路76巷65號1樓
	電話：+886-2-2796-3638　傳真：+886-2-2796-1377
	服務信箱：service@showwe.com.tw
	http://www.showwe.com.tw
郵政劃撥	19563868　戶名：秀威資訊科技股份有限公司
展售門市	國家書店【松江門市】
	104 台北市中山區松江路209號1樓
	電話：+886-2-2518-0207　傳真：+886-2-2518-0778
網路訂購	秀威網路書店：https://store.showwe.tw
	國家網路書店：https://www.govbooks.com.tw
法律顧問	毛國樑　律師
總 經 銷	聯合發行股份有限公司
	231新北市新店區寶橋路235巷6弄6號4F
	電話：+886-2-2917-8022　傳真：+886-2-2915-6275

出版日期	2020年1月　BOD一版
定　　價	300元

國家圖書館出版品預行編目

我的新世紀詩選 / 李魁賢著. -- 一版. -- 臺北
市 : 釀出版, 2020.01
　　面 ;　公分. -- (閱讀大詩 ; PG2344)
ISBN 978-986-445-367-2(平裝)

863.51　　　　　　　　　　　108019939

讀者回函卡

感謝您購買本書，為提升服務品質，請填妥以下資料，將讀者回函卡直接寄回或傳真本公司，收到您的寶貴意見後，我們會收藏記錄及檢討，謝謝！

如您需要了解本公司最新出版書目、購書優惠或企劃活動，歡迎您上網查詢或下載相關資料：http:// www.showwe.com.tw

您購買的書名：＿＿＿＿＿＿＿＿＿＿＿＿＿＿＿＿＿＿＿＿＿＿＿

出生日期：＿＿＿＿＿年＿＿＿＿＿月＿＿＿＿＿日

學歷：□高中 (含) 以下　　□大專　　□研究所 (含) 以上

職業：□製造業　□金融業　□資訊業　□軍警　□傳播業　□自由業
　　　□服務業　□公務員　□教職　　□學生　□家管　　□其它＿＿＿＿

購書地點：□網路書店　□實體書店　□書展　□郵購　□贈閱　□其他

您從何得知本書的消息？

　□網路書店　□實體書店　□網路搜尋　□電子報　□書訊　□雜誌
　□傳播媒體　□親友推薦　□網站推薦　□部落格　□其他＿＿＿＿＿＿

您對本書的評價：(請填代號　1.非常滿意　2.滿意　3.尚可　4.再改進)

　封面設計＿＿＿　版面編排＿＿＿　內容＿＿＿　文／譯筆＿＿＿　價格＿＿＿

讀完書後您覺得：

　□很有收穫　□有收穫　□收穫不多　□沒收穫

對我們的建議：＿＿＿＿＿＿＿＿＿＿＿＿＿＿＿＿＿＿＿＿＿＿＿

＿＿＿＿＿＿＿＿＿＿＿＿＿＿＿＿＿＿＿＿＿＿＿＿＿＿＿＿＿＿＿

＿＿＿＿＿＿＿＿＿＿＿＿＿＿＿＿＿＿＿＿＿＿＿＿＿＿＿＿＿＿＿

＿＿＿＿＿＿＿＿＿＿＿＿＿＿＿＿＿＿＿＿＿＿＿＿＿＿＿＿＿＿＿

11466
台北市內湖區瑞光路 76 巷 65 號 1 樓

秀威資訊科技股份有限公司　　　收

BOD 數位出版事業部

....

（請沿線對折寄回，謝謝！）

姓　　名：＿＿＿＿＿＿＿＿　年齡：＿＿＿＿　性別：□女　□男

郵遞區號：□□□□□

地　　址：＿＿＿＿＿＿＿＿＿＿＿＿＿＿＿＿＿＿＿＿＿

聯絡電話：(日) ＿＿＿＿＿＿＿＿＿　(夜) ＿＿＿＿＿＿＿＿＿

E-mail：＿＿＿＿＿＿＿＿＿＿＿＿＿＿＿＿＿＿＿＿＿＿